書下ろし

身もだえ東海道

夕立ち新九郎・美女百景

睦月影郎

祥伝社文庫

目次

「身もだえ東海道」の舞台

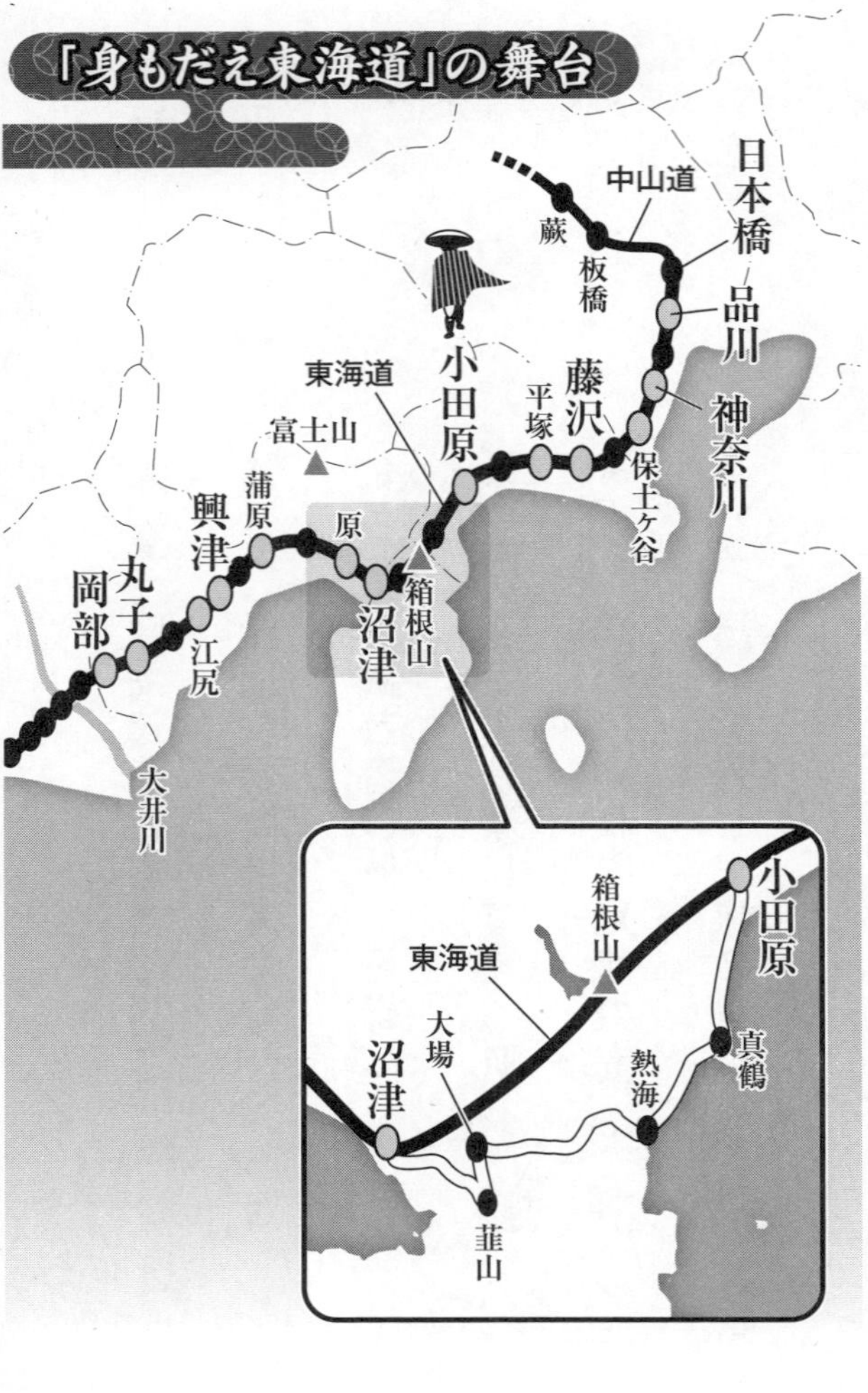
中山道
日本橋
蕨
板橋
品川
藤沢
小田原
東海道
平塚
神奈川
富士山
保土ヶ谷
蒲原
興津
原
箱根山
丸子
岡部
沼津
江尻
大井川
小田原
箱根山
東海道
真鶴
大場
熱海
沼津
韮山

第一章　東海道《とうかいどう》を姫君と道行き

一

（うん？　今のは……）

新九郎《しんくろう》は、女の悲鳴を聞いたように思い耳を澄《す》ませた。

見渡すかぎり街道筋には、前にも後ろにも人はいない。が、彼方《かなた》に空駕籠《からかご》が二挺《ちょう》見えた。

大井川《おおいがわ》を越えて駿河《するが》国に入り、右は海、左手には山々が広がっている。岡部《おかべ》の宿場を越え、丸子《まりこ》宿に向かっている途中だ。

彼はそのまま歩き、放置されている空駕籠へと近づくと、今度こそはっきりと女の声が聞こえた。

「何をする！　無体な……」

「いいから大人しくしろい！」

女が気丈に叱咤《しった》したが、それに混じって何人かの男の下卑《げび》た笑い声と草を掻《か》き分ける音が聞こえてきた。

新九郎が鯉口《こいぐち》を切りながら、街道を外れた草むらを窺《うかが》うと、駕籠かきが四人、二人の女を押し倒そうとしていた。

どうやら雲助《くもすけ》たちが女二人をここまで乗せてきて、人けのない場所で金と身体《からだ》を奪《うば》おうというのだろう。

男四人は屈強《くっきょう》そうだが刃物はなく、得物は棒ぐらいのものだ。

新九郎は合羽《かっぱ》をめくり、三度笠《さんどがさ》と振り分け荷物もそのままに抜刀しながら、わざと草の音を立てて連中に近づいた。

「な、なんでえ、旅ガラス……」

気づいた一人が言うと、男たちは身を強《こわ》ばらせて新九郎の白刃を見た。

「お止《や》めなせえ。容赦《ようしゃ》しやせんぜ」

新九郎が低く静かに言うと、男四人は立ち上がって手に手に棒を持って殴《なぐ》りかかってきた。たった一人なので、さっさと片付けて彼の財布と長脇差《ながどす》も奪おうというのだろう。

だが、勝負は一瞬で付いていた。

「うわ……！」

男たちが声を上げ、両断された棒を握《にぎ》ったまま尻餅《しりもち》を突いた。

新九郎の刀は、そこらの渡世人《とせいにん》の持つ鈍刀《なまくらがたな》とは違う業物《わざもの》である。

さらに睨《にら》み付けると、連中は震え上がって後ずさった。

その隙《すき》に、二人の女が助け合いながら立ち上がり、足早に新九郎の背後に回り込んできた。

二人とも手甲脚絆《てっこうきゃはん》に杖《つえ》の旅支度《たびじたく》で、一人は十七、八の娘で色白、気品のある箱入娘といった感じだ。もう一人は三十前後の気の強そうな顔立ちをした女で、どちらも美形、一目で武家と知れた。

「ご、ご勘弁《かんべん》を……」

男たちが言い、苦もなく平伏した。

「以後旅のお人に迷惑をかけねえと誓《ちか》いやすか」

「へ、へえ、決して……」

口約束などあてにならないが、殺生《せっしょう》する気はないので新九郎も刀を納めた。

そして彼が女二人を促《うなが》して街道へ戻ろうとすると、いきなり数人の武士たちが草を掻き分けて迫《せま》ってきたのである。

「姫！　ご無事ですか」

「この雲助ども！」

　言うなり若い侍たちは抜刀し、腰を抜かしている四人の駕籠かきたちを、ためらいなく斬り捨てたのである。

　四人は、声もなく草に崩《くず》れた。

「何をなさいやす！」

「貴様も仲間か」

　新九郎が言うと、侍たちが彼にも切っ先を向けてきた。全部で三人、旅支度ではなく急いで来たらしく息が上がっている。

「この方は私たちを助けてくれたのです！」

　年増女の方が言い、新九郎の前に立ちはだかった。

「綾香《あやか》殿、このたびの出奔《しゆつぽん》はご家老も不問に付すと仰《おつしや》っております。さあ、姫とともに城へお戻りを」

　武士が抜き身を下げて言ったが、新九郎の背後で姫と呼ばれた若い娘が息を震わせ、彼の合羽にしがみついてきた。

「旅人、二人を助けてくれたことには礼を言う。あとは藩内のことゆえ、早々に立ち去るが良い」

武士がジロリと新九郎を睨んで言うなり、懐中から出した二分銀を投げて寄越《よこ》した。

「い、嫌です。城へは戻りません。さあ綾香、早《はよ》う」

姫が言うと、綾香も新九郎の脇《わき》に戻って三人で後ずさった。

「旅人、二人から離れろ。逆らうと、その分には捨て置かぬぞ」

「嫌がってるじゃありやせんか」

「ほう、我ら三人を相手にするというのか」

一人が言うと、他の二人も彼に切っ先を向け、口を歪《ゆが》めて笑いながら間合いを詰《つ》めてきた。

すると、その時である。

カアー……！

と烏《からす》がひと鳴きし、バサバサと連中の頭上で羽ばたいた。

「な、なんだ……！　うぐ！」

正面の一人が頭上に気を取られた隙に、新九郎は奴の腹に激しい柄当《つか》て。

突き出した柄頭が水月《すいげつ》の急所にめり込み、武士はひとたまりもなく白目を剝《む》いて崩れた。

「こ、こやつ！　む……！」

左右の二人も気色《けしき》ばんで斬りかかろうとしたが、新九郎は何もしないのに二人は脾腹《ひばら》を押さえて呻《うめ》き、そのまま膝《ひざ》を突いて昏倒《こんとう》してしまった。

（石飛礫《いしつぶて》か……）

新九郎は思い、姿は見せないが、烏を使って自分を陰《かげ》ながら守ってくれている素破《すっぱ》の存在に感謝した。

二人の女は身を寄せ合って顔を伏せ、今の様子は見ていなかったようだ。元より、渡世人が三人の武士に敵《かな》うとは思っていなかったのだろう。

「さあ、あっしは行きやすが、どうなさいやす」

「あ、あなた様はご無事で……」

綾香が目を丸くして言い、姫君も草の中に失神している三人を見回して驚いていた。

「ど、どうかご一緒に……」

新九郎が進むと、綾香も言って二人で足早に従ってきた。雲助たちの狼藉《ろうぜき》に着物が乱れている様子もないので、押し倒されただけのところで新九郎が駆けつけたようだった。

やがて街道に出ると、他の追っ手もなく二人はほっとしたようだった。

「私どもは、駿州中田藩《すんしゆうなかた》のものです。私は姫様お付きの腰元で綾香。こちらは小夜《さよ》姫様にございます」

「いや、お聞きするつもりはございやせん」

「いいえ、お聞き下さいませ。この先も追っ手が来るやも知れず、お守り頂きたいのです。私はともかく、せめて姫様だけでも江戸屋敷へ」

綾香は、不安を紛《まぎ》らせるように言った。

彼女は後家の腰元で三十。それなりに薙刀《なぎなた》や小太刀《こだち》も習得しているらしく、凜《りん》とした美形である。可憐《かれん》な小夜は十八、中田藩四万石の側室の娘だが、すでに母は亡《な》いようだ。

小夜の父親である、藩主の中田元治《もとはる》は江戸屋敷にいる。城は国家老が牛耳《ぎゆうじ》っており、民《たみ》を虐《しいた》げる悪政を行っているらしい。

元治は正室に子が無いので、家老は小夜姫を自分の配下の者と娶《めあわ》せようと画策していたようだが、小夜姫はそれを嫌がり、最も忠実な綾香とともに城を出奔、江戸の元治に訴えかけに行こうというところだった。

「急ぎやしょう」

「は、はい……」

「雲行きが怪しい。間もなく降ってきやすぜ」

新九郎が言うと、綾香と小夜姫も、どんよりと垂《た》れ込めはじめた空を見上げた。二人とも城を出るのは初めてらしく、急いでいたように軽装で、僅《わず》かに着替えの荷を綾香が斜《なな》めに背負っているだけだった。

天保《てんぽう》十三年（一八四二）春、桜も散った四月で良い季候だった。

「降るでしょうか。雨具の仕度もないので……」

「ええ、あっしは傍《はた》迷惑な雨男でして」

「あの、お名前を」

「夕立《ゆうだち》の新九郎と申しやす。なぜか夕立の時に揉《も》め事に巻き込まれやすんで」

「まあ、夕立の……」

歩きながら綾香が言い、その間も小夜がじっと新九郎の横顔を見つめていた。

「江戸へ向かわれるのですね。良かった……」

綾香が言い、小夜姫を促して足の速い新九郎に懸命に追いついた。

新九郎は、三河《みかわ》国まで足を延《の》ばした帰りであった。三河の豊川《とよかわ》は彼の養母である稲《いね》の先祖がいた土地らしい。

稲は生前、一度豊川稲荷《いなり》へ行ってみたいと言っていたので、新九郎は一人で訪ねて来たのだった。

あとは再び江戸を目指し、東海道を進んでいたところである。

江戸へ行ってどうするわけでもなく、また上州《じょうしゅう》に戻り、あてのない旅を続けるつもりだった。

と、丸子の宿へ着く前に雨が降りはじめ、日も暮れようとしていた。

二

「では、今夜はあそこへ泊まることに致しやす」

新九郎は街道を外れ、彼方の山の麓《ふもと》にある古寺を目指した。折しも烏が鳴き、そちらへ案内するように飛んでいったのだ。

「まあ、このようなところへ……」

綾香は尻込みしたが、草を分けて先を行く新九郎に小夜とともに従った。

「ご辛抱《しんぼう》を。旅籠《はたご》では、すぐ追っ手に見つかりやす」

彼は振り返って言い、やがて古寺に着く頃には本降りになっていた。この雨で、昏倒している三人の武士も意識が戻るだろう。

無人の荒れ寺だが、庫裡《くり》に入ると意外に整頓《せいとん》されているので、年中旅人が使っているのかもしれない。あるいは新九郎を守る素破が先回りして仕度《したく》してくれたか、薪《まき》も豊富に揃《そろ》っていた。

囲炉裏《いろり》に火を熾《おこ》し、井戸から汲《く》んだ水を鉄鍋《てつなべ》にかけた。

新九郎は握り飯を二つ持っていたが、二人は全くの手ぶらである。

城育ちの二人は、金さえあれば街道筋にいくらでも店があると思っていたのかも知れない。

「お二人とも慣れない歩きでお疲れでしょう。草鞋《わらじ》と足袋《たび》を脱《ぬ》いで揉むと多少は癒《い》えやすので」

新九郎は沸《わ》いた湯に握り飯をぶち込み、持っていた味噌《みそ》を入れて交ぜた。庫裡には箸《はし》や椀《わん》もあったので井戸端で洗ったが、二人は手伝うでもなく何をして良いか分からぬ様子で、ただ壁に寄りかかり、言われた通り自分で脹《ふく》ら脛《はぎ》をさすっていた。

部屋も暖まり、二人の女の匂《にお》いが甘ったるく籠《こ》もりはじめた。

二人とも渡世人など、いや、武士以外の人に会うのは初めてなのだろう。だから逆に、新九郎がつい元武士という物腰や仕草をしてしまっても何も気づかないようである。

やがて椀に飯を盛って渡すと、二人も空腹だったらしくためらわずに箸を進めた。聞こえるのは雨音と、薪のはぜる音だけ、たまに遠雷が聞こえると小夜がビクリと身じろいだ。

夕餉《ゆうげ》を終える頃には外もすっかり暗くなり、あとは寝るだけだった。

「あの、厠《かわや》は……」

綾香が恐る恐る言った。

「暗くて危のうござんすから、そこらの土間で済ませておくんなさい」

新九郎は言い、片隅にあった手燭《てしょく》に火を移して綾香に渡した。

すると綾香は小夜とともに、静かに庫裡を出ていった。その間に新九郎も庫裡の裏手に出て小用を済ませて戻り、囲炉裏に薪を足した。

「何だか、二人とも新《しん》さんにぞっこんのようですよ」

と、小さく声がした。

「初音《はつね》か。いつも世話になる。入ってきたらどうだ」

新九郎も、あの二人に聞こえないよう静かに答えた。

初音は、まだ二十歳前の素破で、前林《まえばやし》藩十万石の藩主と双子である新九郎を、常に見守ってくれているのだ。

「いいえ、お邪魔しちゃ悪いので。ではまた先の宿場にて」

初音は可憐な声で答え、すぐに気配を消した。

間もなく用便を終えた綾香と小夜が戻ってきた。

「筵《むしろ》しかありやせんがご辛抱を。明日には旅籠に泊まれるでしょうから」

言って二枚の筵を敷《し》くと、二人とも素直に横たわり、新九郎は自分の合羽を小夜に掛けてやり、囲炉裏を挟《はさ》んで反対側に寝た。

城とは天地ほどの隔《へだ》たりのある寝床《ねどこ》だが、さすがに疲れていたのか、小夜はすぐに軽やかな寝息を立てはじめた。

「あの、少しお話ししてよろしいですか」

「ええ、どうぞ」

綾香が言うのに答えると、彼女は小夜を起こさぬよう静かに身を起こし、新九郎の方へと移動してきた。

「どうぞ、横になるだけでも身体が休まりやすので」

「ええ……」

言うと、綾香もためらいがちに添い寝してきた。

「本当に、外のことなど何も知らない二人だけで城を飛び出すなど、あらためて無謀《むぼう》だったと身に沁《し》みました」

綾香が、内緒話のように囁《ささや》くと、微《かす》かな息遣いと湿った唇の開閉する音が艶《なま》めかしく響いた。

「じゃお城に戻りやすか？」

「いいえ、それだけは嫌です。姫様との約束ですし、私たちが戻っても何も良いことはありません。私も他に身寄りはありませんし」

綾香が言う。彼女の親はすでに亡く、藩士の夫も病死した後家らしい。

「でも、またこんな場所で夜を明かすこともあるでしょうが、姫様に耐えられるでしょうか」

「姫様は強いご意志で城を出ました。いきなり駕籠かきに襲われるようなことがありましたが、こうして新九郎様に出会えたのも神のご加護かと」

「とにかく、行くなら眠った方がようござんす」

「はい、ご一緒して頂けますか」

「乗りかかった船でやすからね」

「よろしくお願い致します……」

ようやく綾香も安心したように答えると、元の場所へ戻らず新九郎の隣で目を閉じた。

間もなく綾香も寝息を立てはじめたが、新九郎の方は彼女から漂《ただよ》う甘い匂いに身の内が火照《ほて》り、激しく勃起してしまっていた。

もちろん雲助のような狼藉は出来ないから、そっと自分で処理してしまおうかと思った。

すると眠りながら綾香が、

「ああ……」

か細く喘《あえ》ぎ声を洩《も》らし、うねうねと悶《もだ》えはじめたではないか。さらに着物の上から胸をさすり、裾《すそ》まで乱して手を差し入れ、白くムッチリした内腿《うちもも》を撫《な》で上げたのである。

後家になって何年になるか分からないが、すでに快楽は知っているだろう。それが雲助に襲われ、眠っていた女の部分が揺り起こされ、さらに頼りがいのある新九郎と添い寝し、無意識に自分を慰《なぐさ》めはじめたのかも知れない。

城でなく、旅の空という気持ちも、多くの柵《しがらみ》を取り払ったのではないか。

とうとう綾香の指が陰戸《ほと》に達したらしく、小刻《こきざ》みに動かすうち、クチュクチュと湿った音が聞こえてきた。

新九郎はますます興奮を高め、熱く喘ぎはじめる綾香を注視していた。

しかし彼女は、果ててしまう前にハッと我に返って目を覚ました。

「わ、私は……」

綾香は自分で驚き、陰戸から引き離した指が熱く濡《ぬ》れていることに気づいたようだ。

「何と、はしたない……」

「お疲れだったのでしょう。急に淫気《いんき》を催《もよお》すことも、よくあることです」

「そんな……、新九郎様も……？」

綾香は激しい羞恥《しゅうち》に身悶え、息を震わせながら彼ににじり寄ってきた。

無意識にしろ自慰を見られたら、もうどこまで突き進もうと同じことと思ったのかも知れない。それに一瞬でも眠り、今はすっかり目が冴《さ》えてしまったようだった。

「あっしでよろしければ、お慰め致しやす。姫様を起こさぬよう声は堪《こら》えて下さいやし」

新九郎も淫気を満々にして身を起こすと、裾の乱れた彼女の下半身へと迫っていった。献身的に姫を護《まも》りながらも、女としての欲求を隠しきれない綾香に、新九郎は言いようのない魅力と淫気を覚えた。

綾香も、夢見心地のまま身を投げ出していた。

新九郎は彼女の素足に屈《かが》み込み、足裏に顔を押し付けた。慣れない旅歩きにしては特に肉刺《まめ》もなく、踵《きびす》も土踏まずもスベスベだった。

舌を這《は》わせ、指の股《また》に鼻を押しつけるとそこは汗と脂《あぶら》に湿り、蒸れた匂いが濃く沁み付いていた。

彼は充分に嗅《か》いでから爪先《つまさき》をしゃぶり、指の股に舌を割り込ませた。

「あう、そんなことを……」

綾香は驚いたように呻き、ビクリと反応したが、朦朧《もうろう》とされるままになっていた。新九郎は両の爪先をしゃぶり、さらに裾を開いて脚の内側を舐《な》め上げ、股間に顔を進めていった。

白くムッチリした内腿を舐めると、陰戸から発する熱気と湿り気が顔中を包み込んできた。

囲炉裏の火に照らされ、黒々と艶《つや》のある恥毛と濡れた割れ目が息づいていた。

指で陰唇を広げると、襞《ひだ》の入り組む膣口もヌメヌメと熱く潤《うるお》っていた。

そのまま顔を埋《うず》め込み、舌を挿《さ》し入れて膣口からオサネまで舐め上げると、

「アアッ……！」

綾香が熱く喘ぎ、ビクリと顔を仰《の》け反《ぞ》らせながらも、慌《あわ》てて口を押さえた。

内腿がキュッときつく新九郎の両頬《ほお》を挟み付け、彼は恥毛に籠もった汗とゆばりの匂いでうっとりと胸を満たし、舌を這わせ続けた。

三

「アア……、そ、そのようなことを……」

綾香は、まだ夢でも見ているようにか細く息を震わせ、新九郎にオサネを舐められながらクネクネと身悶え続けた。

彼は蒸れた体臭に噎《む》せ返り、刺激で胸を満たしながら溢《あふ》れる蜜汁をすすった。

さらに綾香の両脚を浮かせると、白く丸い尻の谷間にも迫った。

襞が綺麗に揃った蕾《つぼみ》に鼻を埋め込むと、秘めやかな微香が籠もり、妖《あや》しく鼻《び》

腔《こう》を刺激してきた。充分に嗅いでから舌を這わせ、襞を濡らしてヌルッと潜《もぐ》り込ませ、滑《なめ》らかな粘膜を味わった。

「あう……！」

綾香が驚いたように呻き、肛門でキュッと彼の舌先を締め付けた。

新九郎は内部で舌を蠢《うごめ》かせ、あまりに彼女がもがくので脚を下ろすと、再び濡れた陰戸を舐め回し、淡《あわ》い酸味の淫水を貪《むさぼ》った。

オサネはツンと硬く勃起し、綾香は少しもじっとしていられないとばかりに悶え、すでに何度か小さく気を遣《や》るようにヒクヒクと腰を撥《は》ね上げていた。

「か、堪忍《かんにん》……」

綾香が降参するように言い、本格的な絶頂を恐れたのか彼の顔を股間から追い出してきた。

新九郎も身を起こし、手早く裾をめくって股引《ももひき》と下帯を脱ぎ去って添い寝していった。そして綾香の手を取り、強ばりに導くと、彼女もやんわりと手のひらに包み込んでぎこちなく愛撫《あいぶ》してくれた。

さらに顔を股間へと押しやると、彼女も素直に一物へ移動していった。

武家として、亡夫とも口での愛撫など体験していないかも知れないが、綾香も陰戸を舐められて快感と興奮を高めているので、ためらいはないのだろう。一物に顔を寄せてきた。

「どうか、入れやすいように濡らしておくんなさい」

囁くと、綾香は鼻先に迫る肉棒を指で支え、熱い息でくすぐりながら先端にしゃぶり付いた。

いったん触れてしまうと度胸が付いたか、すぐに綾香は張りつめた亀頭を含んで吸い、クチュクチュと舌をからめはじめた。

熱い鼻息に恥毛をくすぐられながら、さらに新九郎が股間を突き上げると彼女はスッポリと根元まで呑《の》み込んでくれた。

「ンン……」

綾香は小さく呻き、懸命に舌をからめて一物を唾液に濡らした。

薄寒いなか、快楽の中心部だけが美女の温かく快適な口腔に包まれて舌に翻弄《ほんろう》され、新九郎も息を弾《はず》ませて幹を震わせた。

やがて綾香が苦しげにスポンと口を離すと、彼も手を引いて前進させた。

「わ、私が上に……？」

綾香はためらいながらも、導かれるまま彼の股間に跨《また》がってきた。

ぎこちなく唾液に濡れた先端を陰戸に押し当て、自分から位置を定めると、息を詰めてゆっくり腰を沈み込ませていった。

張りつめた亀頭が潜り込むと、

「あう……！」

綾香は熱く呻き、ビクリと顔を仰け反らせた。何年かぶりに男を受け入れ、そして恐らく初めての茶臼《ちやうす》（女上位）で、あとは重みとヌメリに助けられヌルヌルッと根元まで受け入れていった。

新九郎も、心地よい肉襞の摩擦《まさつ》と温もり、熱い潤いと締め付けに包まれて陶然《とうぜん》となった。

彼女は完全に股間を密着させて座り込み、上体を起こしていられずに、すぐ身を重ねてきた。新九郎も抱き留め、温もりと感触を味わいながら中でヒクヒクと幹を震わせた。

綾香は彼の上でグッタリとし、動かなくても膣内は息づくような収縮が激しく繰り返されていた。

乳首も吸いたいし腋《わき》の匂いも嗅ぎたいが、何しろ筵の上では落ち着かないし、彼女にしても姫君が近くで寝ているのだから気が気でないだろう。今は、こうして交接できたことを最大の幸運と思わなければならない。

新九郎は下から綾香の顔を引き寄せ、唇を求めていった。

唇を重ねると、柔らかな感触とほのかな唾液の湿り気が伝わってきた。

舌を挿し入れ、滑らかな歯並びを舐めると、綾香も収縮を強めながら歯を開き侵入を迎え入れた。

新九郎はネットリと舌をからめ、生温かな唾液のヌメリを味わいながら、ズンズンと小刻みに股間を突き上げはじめた。

「ああッ……！」

すると綾香が口を離して喘ぎ、さらに熱い淫水を漏らしてきた。

彼は美女の口に鼻を押しつけ、湿り気ある息を嗅いだ。それは花粉のように甘い刺激を含み、悩ましく鼻腔を満たしてきた。

いったん動くとあまりの快感に突き上げが止まらなくなり、新九郎は両手でしがみついて彼女を押さえながら、次第に激しい律動を開始していった。

溢れる淫水で動きが滑らかになり、クチュクチュと湿った摩擦音も淫《みだ》らに響いてきた。

「アア……、き、気持ちいい……」

綾香も声を震わせながら、突き上げに合わせて腰を遣い、いつしか互いの動きが一致して股間をぶつけ合うほど激しいものになっていった。

新九郎は高まりながら綾香の口を吸い、美女の唾液と吐息に酔いしれながら絶頂を迫らせた。

「こ、声が洩れる……」

綾香は収縮を高めて言い、硬直した肌をヒクヒクと波打たせせた。

そして締め付けが最高潮になると、

「ヒッ……！」

声を上ずらせ、慌てて奥歯を嚙《か》み締めながらガクガクと狂《くる》おしい痙攣《けいれん》を開始したのだった。どうやら本格的に気を遣ってしまったらしく、粗相《そそう》したように溢れる淫水が互いの股間をビショビショにさせた。

もう堪《たま》らず、続いて新九郎も絶頂に達し、大きな快感に包まれながら、ありったけの熱い精汁をドクンドクンと勢いよく柔肉の奥にほとばしらせてしまったのだった。

「く……！」

彼も短く呻いて快感を嚙み締め、激しく股間を突き上げながら、心置きなく最後の一滴まで出し尽《つ》くした。

「ああ……」

彼が満足して動きを止めると、綾香も声を洩らし、失神したようにグッタリともたれかかってきた。

まだ膣内は名残惜《なごりお》しげな収縮が繰り返され、その刺激に射精直後の一物がヒクヒクと過敏に内部で跳ね上がった。

「あう……」

そのたびに綾香も小さく呻き、敏感に反応してキュッときつく締め付けた。

新九郎は力を抜き、美女の重みと温《ぬく》もりを受け止め、かぐわしい息を胸いっぱいに嗅ぎながら、うっとりと快感の余韻《よいん》を味わったのだった。

綾香は完全に力が抜け、疲労も心労も重なって、荒い呼吸を繰り返しながらもこのまま睡《ねむ》りに落ちた感じである。

新九郎は呼吸を整えると彼女をそっと横たえ、股間を引き離して身を起こした。そして懐紙で手早く一物を拭《ぬぐ》って身繕《みづくろ》いをし、綾香の陰戸も拭《ふ》いてから腰巻と裾を整えてやった。

小夜は、一向に目を覚ます様子もない。

綾香も快感の余韻に包まれ、すでに寝息を立てていた。

新九郎も横になり、淫気も解消されてすぐにも睡りに落ちていった……。

——翌朝、空が白む頃に新九郎は目を覚ました。

まだ二人は眠っている。彼は静かに庫裡を出て、外で用を足し井戸端で顔を洗い、水を汲んで戻ってきた。

雨もすっかり上がり、今日は快晴のようである。

囲炉裏に薪をくべ、鍋の湯が沸くと、最後の味噌を入れた。菜も飯もないが、次の宿場までの辛抱だった。

「あ……」

綾香が目を覚まし、慌てて乱れた裾を直しながら身を起こした。また眠りながら、無意識に股を開いていじってしまったのかも知れない。

「お、お早うございます。私はゆうべ……」

綾香は声を震わせ、居心地悪そうに言った。まだ全身の隅々に、感触が残っているのかも知れない。

そして小夜を起こす前に、用足しに庫裡を出ていった。

新九郎は鍋を掻き混ぜ、眠っている小夜に近づいた。

綾香も美形だが、小夜姫はまだ少女の面影を残した可憐な顔立ちをしている。無垢《むく》な唇がぷっくりとし、睫毛《まつげ》が長かった。

そっと顔を寄せると、甘ったるい汗の匂いとともに、果実のように甘酸《あまず》っぱい息の匂いが感じられた。

もちろん触れるわけにはいかないので、彼は股間を熱くさせながら離れた。

そして朝餉の仕度をしているうちに、綾香も戻ってきて、ようやく小夜を起こしたのだった。

四

「いいですかい。渡世人と一緒ということは追っ手に知れているでしょうから、姉妹でお伊勢《いせ》参りの帰りということにでもして宿に言うんですぜ」

新九郎は、旅籠に入る前に念を押し、二人に言った。

あれから裏街道を進み、丸子の宿に出て昼餉を済ませた。

幸い中田藩の追っ手の姿はなかったが、大っぴらにはせず裏で見張っているかも知れない。まあ何かあれば、初音が危険を知らせてくるだろう。

丸子を出ると府中《ふちゅう》、江尻《えじり》を越え、女の足でも懸命に頑張って日暮れには興津《おきつ》の宿場に到着したのだった。

一日、初夏を思わせる青空と白い雲、爽《さわ》やかな風に吹かれていた。東へ行くごとに人通りも賑《にぎ》やかになり、逆に人々に紛れることも出来るだろう。

「新九郎様は？」

「あっしは、そこらの木賃宿《きちんやど》にでも泊まりやすので」

「いいえ、どうか宿賃はご心配なく。同じ部屋は無理でもなるべく近い方が」

綾香が言うと、小夜も心細げにしているので、新九郎も同宿を承知した。旅の仕度は不十分でも、金だけはしっかり持ってきたのだろう。

とにかく別々に宿へ入り、足を洗って部屋に案内された。

幸い、互いに二階の部屋でそれほど離れておらず、混んでいないので新九郎も他の男との相部屋などにはならなかった。

新九郎は旅の荷を解き、浴衣《ゆかた》に着替えて風呂に入った。

来るときは、大部分が野宿で、たまに木賃宿に泊まったこともあるが、帰りは二人のおかげでだいぶ楽になりそうだった。

彼は全身を洗って湯に浸《つ》かり、さっぱりして部屋に戻ると行燈《あんどん》に灯《ひ》が入り、夕餉の仕度が調《ととの》っていた。

二人も、一緒に食事したいだろうが、連れと知られぬため別々である。

山ばかりだった中山道《なかせんどう》と違い、海が近いため魚が旨《うま》い。

むろん酒などの贅沢《ぜいたく》はせず、早々に食事を終える頃には外もすっかり暗くなっていた。

さすがに江戸ほどの賑わいはないが、窓の下では人々が行き交っていた。

賭場《とば》などもあるのかも知れないが、女連れなので抜け出すわけにもいかない。

空膳《からぜん》が運ばれていくと、入れ替わりに若い女中が入ってきて床を敷き延《の》べてくれた。

「何だ、初音じゃないか」

ようやく気づいて言うと、初音がクスッと笑った。

「呆《あき》れたものだ。いつの間に宿に潜入を」

日頃は鳥追い姿で、見えつ隠れつ新九郎と同行していた前林藩の素破だが、今はすっかり女中になりきっている。

「中田藩の追っ手は？」

「ありません。藩士は、そうそうご領内から出られませんからね。その代わり、雇われた浪人が何人か、それとなく宿を当たっているみたいです」

初音が言う。確かに、駿府《すんぷ》の府中藩は七十万石の大大名だ。その領内にまでお家騒動の藩士がウロウロするわけにいかない。

「そうか。それより……」

新九郎は激しく淫気を催して初音に迫った。

三河への道中でも、何度かは初音が情交させてくれたが、帰りはあまり会っていなかったのだ。

「駄目《だめ》、間もなく綾香さんがここへ来るでしょう。ゆうべは庫裡で落ち着けなかったし、もう小夜さんも寝てしまうでしょうからね」

初音は答え、部屋を出て行ってしまった。

すると、彼女が言った通り、すぐにも綾香が恐る恐る入ってきたのである。

浴衣姿だが、まだ風呂は入っていないようだ。

「よろしいでしょうか」

「ええ、姫様は」

「お風呂もまだなのに、よほどお布団《ふとん》が嬉《うれ》しかったようで、すぐにも眠ってしまいました」

綾香が言い、モジモジと淫気を秘めて彼ににじり寄ってきた。

湯殿も男客の方が先なので、女は皆が使ったあとの夜半しか入れないようだった。

「じゃ、脱ぎやしょうか」

新九郎も、すぐにも初音への淫気を綾香に切り替えて言い、自分から浴衣を脱ぎ去ってしまった。下には何も着けておらず、すでに肉棒はピンピンに張り切っていた。

これほど淫気の強い渡世人というのも他にいないだろう。

「あの、お風呂もまだなのに恥ずかしいので、どうか入れるだけにして下さいませ……」

綾香も帯を解きながら、か細く言った。

どうにも、昨夜の行為が忘れられず、すっかり彼女は男の味に目覚めてしまったようだった。

むろん亡夫への貞操《ていそう》はあるのだろうが、新九郎がいなければ雲助たちに何をされていたか分からないのである。それに家老に反旗を翻《ひるがえ》して城を出て、武家の柵を抜けた上、渡世人などという未知の男に接し、もう何も考えられず肉体が彼を求めているのだろう。

やがて綾香も全て脱ぎ去り、一糸まとわぬ姿で布団に横たわった。

昨夜は裾をめくっただけだから、あらためて全裸を見ると実に均整が取れ、適度に熟《う》れた良い身体をしていた。

彼女は挿入だけを求めているが、内心ではやはり舐められたいだろう。昨夜は生まれて初めての行為ばかりだっただろうが、どれも激しい羞恥とともに目眩《めくるめ》く快楽が得られたに違いない。

もちろん新九郎も、すぐさま挿入などという不粋《ぶすい》なことをするつもりはなく、今宵《こよい》も隅々まで味わうつもりだった。

彼は、胸を隠して仰向《あおむ》けになっている綾香の両手をやんわりと引き離して開かせ、豊かな乳房を露《あら》わにした。

透《す》けるように色白で滑らかな肌をし、膨《ふく》らみは実に大きく息づいていた。

屈み込んで、桜色の乳首にチュッと吸い付くと、

「アアッ……！」

綾香はすぐにも熱く喘ぎ、うねうねと悶えはじめた。

もう小夜も同じ部屋ではないから、喘ぎ声を気にすることもない。

新九郎は顔中を柔らかな膨らみに押し付け、乳首を舌で転がした。

乳首はコリコリと硬く突き立ち、今日も一日中歩いたから、汗ばんだ胸元や腋からは、何とも甘ったるい体臭が生ぬるく漂って鼻腔を刺激してきた。

新九郎は軽く前歯で刺激し、もう片方の乳首も含んで舐め回した。

綾香は息を弾ませ、少しもじっとしていられないように身悶え、さらに濃い匂いを揺らめかせた。

彼は左右の乳首を味わってから綾香の腕を差し上げ、ジットリと汗に湿った腋の下にも鼻を埋め込んだ。

柔らかな腋毛は生ぬるく汗に湿り、新九郎は美女の濃厚な匂いに酔いしれながら舌を這わせた。

そして脇腹を舐め降り、腹の中心に移動して形良い臍《へそ》を舐め、ピンと張り詰めた下腹から腰、ムッチリした太腿を舌でたどっていった。

「あうう……、ど、どうか……」

綾香が身を震わせながら、ためらいがちに言った。早く入れてほしいのだろうが、やはり昨夜のように舐めて欲しいのだろう。しかしそれは死ぬほど恥ずかしいので、自分でもどうして良いか分からず、結局されるまま身を投げ出しているしかないのだった。

新九郎は構わず、味わいたいように愛撫を続け、脚を舐め降りていった。滑らかな脛《すね》にはまばらな体毛があり、これも艶めかしい眺めだった。

足首まで降りると彼は足裏に回り込み、顔を押し付けて踵から土踏まずを舐め回し、指の股に鼻を割り込ませて嗅いだ。

しかし宿に上がり込むときに漱《すす》いでしまったので、そこは昨夜ほど濃厚な匂いや湿り気は残っておらず少し残念だった。

それでも微かに蒸れた匂いを貪ってから爪先にしゃぶり付き、順々に指の間にヌルッと舌を割り込ませていった。

「あッ……、い、いけません……」

綾香はビクリと反応して喘いだが、すでに朦朧となり、全ての愛撫に激しく感じているようだった。

彼は充分に両足の爪先を味わってから、綾香に寝返りを打たせてうつ伏せにさせた。そして踵から脹ら脛、ヒカガミを舐め上げ、白い太腿から豊満な尻の丸みを這い上がっていった。

腰から背中を舐めると肌は実にスベスベと滑らかだったが、ほのかな汗の味がした。

肩まで行き、髪の香油を嗅いでから耳の裏側も舐め、再びうなじから背中を這い下りていった。

そして尻に戻ると、うつ伏せのまま股を開かせ、その真ん中に腹這い、両の親指でグイッと尻の谷間を広げ、薄桃色の蕾に鼻を埋め込んで嗅いだ。

顔中にひんやりした双丘が密着し、蕾に籠もった微香が悩ましく胸に沁み込んできた。

新九郎は充分に嗅いでから、舌で襞を濡らしヌルッと潜り込ませていった。

五

「あう……、駄目です、堪忍……」

綾香が呻き、肛門でキュッときつく新九郎の舌先を締め付けてきた。

内部で舌を蠢かすと、彼女もクネクネと尻を動かし、やがて刺激を避けるように寝返りを打ってきた。

新九郎も顔を上げ、再び彼女を仰向けにさせて股間に迫った。内腿を舐め上げて陰戸を見ると、すでに蜜汁が大洪水になっていた。

指で広げると、息づく膣口の襞には白っぽく濁《にご》った淫水がネットリとまつわりつき、ポツンとした小さな尿口も見えた。

光沢あるオサネも包皮を押し上げるようにツンと突き立ち、もう堪らずに新九郎は匂いに誘われて顔を埋め込んでいった。

柔らかな恥毛に鼻を擦りつけて嗅ぐと、ここも汗とゆばりの匂いは昨夜よりは多少薄れていた。やはり今朝がた顔を洗うとき、古寺の井戸端で軽く流してしまったのだろう。

それでも新鮮な匂いで鼻腔を満たし、新九郎は陰戸に舌を挿し入れていった。

中の柔肉は淫水に満ち、ヌルッと舌先が滑らかに動いた。

ヌメリは淡い酸味を含み、彼は膣口の襞を搔き回し、ゆっくりとオサネまで舐め上げていった。

「アアッ……!」

綾香がビクッと顔を仰け反らせて喘ぎ、内腿でムッチリと彼の両頰を挟み付けてきた。

羞恥に悶えながらも、心待ちにしていた感覚なのだろう。

彼はチロチロとオサネを弾くように舐めては、新たに溢れる蜜汁をすすった。白く滑らかな下腹がヒクヒクと波打ち、綾香の内腿にも激しい力が入った。

「き、気持ちいい……、どうか、早く入れて、後生ですから……」

綾香も声を上ずらせ、譫言《うわごと》のように言って淫水を漏らした。

やがて新九郎も充分に味と匂いを堪能してから、彼女がとことん気を遣ってしまう前に顔を引き離した。

そして仰向けになり、昨夜のように彼女の顔を一物へ押しやった。

綾香も、大股開きになった彼の股間に腹這いになって顔を迫らせてきた。

「先に、ここを舐めて……」

新九郎は言い、自ら両脚を浮かせて抱え、尻を突き出した。自分は入浴を済ませているから大威張《おおいば》りである。

綾香も、自分がされているからためらいなく彼の肛門にチロチロと舌を這わせて濡らし、ヌルッと潜り込ませてくれた。

「く……、いい……」

新九郎も妖しい快感に呻き、モグモグと肛門で美女の舌先を締め付けて味わった。美しい武家育ちの後家に尻を舐めてもらうのも、ゾクゾクと震えるような快感であった。

脚を下ろすと、彼女の舌も自然にふぐりへと移動し、舌を這わせて睾丸を転がしてくれた。袋全体が生温かな唾液にまみれると、綾香は自分から一物の裏側を舐め上げてきた。

「アア……」

先端まで来ると、綾香は幹に指を添え、鈴口から滲《にじ》む粘液を丁寧《ていねい》に舐め取り、張りつめた亀頭をしゃぶり、スッポリと喉の奥まで呑み込んでいった。

綾香は根元まで含み、熱い鼻息で恥毛をくすぐり、幹を丸く締め付けて強く吸った。

「ああ、気持ちいい……」

新九郎も快感に高まり、美女の舌に翻弄されながら唾液にまみれた一物をヒクヒク震わせた。

「ンン……」

綾香は喉につかえるほど呑み込んで呻き、顔を上下させて濡れた口でスポスポと摩擦してくれた。しかし息苦しくなったようにスポンと口を離し、

「どうか、中に……」

せがみながら横になってきた。

どうやら今夜は茶臼（女上位）ではなく、下で受け身になりたいらしい。

「では、最初は四つん這いに」

新九郎も身を起こして言い、彼女をうつ伏せにさせ尻を持ち上げさせた。

「アア……、こんな獣のような格好で……」

綾香は羞恥に身悶えながらも、淫気に負けたように自分から豊満な尻を突き出してきた。

彼は膝を突いて股間を進め、綾香の後ろから陰戸に先端を押し付け、ヌルヌルッと一気に根元まで挿入していった。

「ああッ……！」

綾香が白い背中を反らせて熱く喘ぎ、キュッときつく締め付けてきた。

新九郎も股間を密着させ、肉襞の摩擦と温もりを嚙み締めた。しかも後ろ取り（後背位）だと、股間に尻の丸みが当たって心地よく弾んだ。

彼は豊かな腰を抱えて自分の腰を前後させ、摩擦を味わいながら覆《おお》いかぶさった。

そして両脇から回した手で柔らかな乳房を揉みしだき、髪を嗅ぎながら次第に動きを速めていった。

「い、いい気持ち……！」

ようやく一つになった綾香が、顔を伏せたまま言った。

しかし彼は、やはり美しい顔が見えないのが物足りず、ここで果てる気はなかった。

やがて身を起こした新九郎はいったん引き抜き、彼女を横向きにさせ、下の脚に跨がり、上の脚に両手でしがみつきながら松葉くずしで再び深々と挿し入れていった。

「あうう……、すごいわ……」

新鮮な体位に綾香が呻き、再びきつく締め付けてきた。

互いの股間が交差しているので密着感が高まり、吸い付き合うような感覚があった。

ここでも彼は何度か動いただけで、また引き抜いて綾香を仰向けにさせた。

そして今度こそ本手《ほんて》（正常位）で上から挿入し、身を重ねていった。

「ああッ……！」

綾香も下から両手を回してしがみつき、甘い息で喘ぎながらズンズンと股間を突き上げはじめた。胸の下では乳房が押し潰れて弾み、恥毛が擦れ合い、コリコリする恥骨の感触も伝わってきた。

新九郎は肌を密着させながら、彼女の動きに合わせて腰を遣った。

揺れてぶつかるふぐりまで、溢れる愛液に生温かく濡れ、動きに合わせてクチュクチュと淫らに湿った摩擦音が響いた。

そして喘ぐ口に舌を挿し入れると、

「ンンッ……」

綾香はチュッと吸い付いて熱く鼻を鳴らし、チロチロとからみつけてきた。

新九郎も美女の唾液をすすり、湿り気ある花粉臭の息を嗅ぎながら高まっていった。

果ては股間をぶつけるように突き動かすと、粘膜の摩擦ばかりでなく肌のぶつかる音も聞こえ、彼女の収縮が活発になってきた。

「い、いく……、アアーッ……！」

とうとう綾香が気を遣ってしまい、淫らに唾液の糸を引きながら口を離して喘いだ。

同時に新九郎も昇り詰め、大きな絶頂の快感の中で熱い大量の精汁をドクンドクンと勢いよく内部にほとばしらせた。

「あう、熱い……！」

噴出を感じた綾香が駄目押しの快感を得たように呻き、キュッときつく締め付けて悶えた。

新九郎は律動しながら心ゆくまで快感を嚙み締め、最後の一滴まで出し尽くしてから徐々に動きを弱めていった。

「ああ……、新九郎様……」

動きが止まると、綾香も満足げに肌の強ばりを解いて言い、熱っぽい眼差《まなざ》しで見上げてきた。

まだ収縮は続き、新九郎は膣内で過敏にヒクヒクと幹を震わせ、美女の甘い息を胸いっぱいに嗅ぎながら、うっとりと快感の余韻を味わった。

重なったまま互いに呼吸を整え、ようやく彼は身を起こして股間を引き離し、懐紙で互いの股間を処理した。

「わ、私が……」

綾香は言ったが、どうにも力が入らず、陰戸を拭かれるまま身を投げ出していた。そして思い出したようにビクッと肌を波打たせてから、やっとの思いで身を起こしたのである。

「姫様を起こして湯殿に行ってきます……」

綾香が浴衣を羽織《はお》り、髪を直しながら言った。

「では、また明日」

彼も全裸のまま答え、布団に横になると、綾香は静かに出ていった。

彼女の淫水で尻が冷たいが、いくらも経《た》たぬうち新九郎は余韻の中で睡りに落ちていったのだった……。

第二章　無垢《むく》な蕾《つぼみ》は果実の匂《にお》い

一

「失礼、中田藩の小夜姫ではございませんか」

新九郎と綾香に小夜の一行が、興津の宿を出て東へ向かっていると、いきなり三人の浪人者が話しかけてきた。

他に人けもない場所なので、少し離れて歩いていた女二人もつい油断して新九郎の近くに来てしまっていたのだ。

三人の浪人は皆三十前後で、なかなかの手練《てだ》れのようだった。

「な、何のことでしょう。私たちはお伊勢参りの帰りで、江戸へ向かうところですが」

「ならばお伊勢でもらったお札《ふだ》があるはず」

浪人者たちは、すでに確信しているように執拗《しつよう》に迫《せま》ってきていた。

「懐中のものまであらためられる覚えはありやせんでしょう」

新九郎が言って前に出ると、三人も目星を付けていたらしくジロリと睨《にら》んで身構えた。

「渡世人《とせいにん》、なぜ関わろうとする」

「この、お伊勢帰りのお二人と、途中の宿場で何度か顔を合わせているものでしてね」

「どうやら、一昨日《おととい》に邪魔をした渡世人に間違いないようだな。我ら三人を相手にする気か」

「どうする気ですかい」

一人が言うと三人が鯉口《こいぐち》を切り、綾香と小夜も新九郎の後ろで身を硬くした。

「貴様を斬り、この二人を中田へ連れ戻す」

「朝っぱらから拐《かどわ》かしなんざ、人目についてどうにもなりやせんぜ」

新九郎も答えながら、合羽《かっぱ》の内側で鯉口を切っていた。初音の助けがあるかないか、どちらにしろ度胸は据《す》わっている。

しかし、その時である。

大勢の者たちが東からゾロゾロと歩いてきて、先頭の男が声をかけてきた。

「どうしなさった。何か揉《も》め事でしょうか」

まだ二十代前半と若いが、なかなかの貫禄《かんろく》の男だった。

「町人の知ったことではない。行け」

「いいえ、そうはいきません。この界隈《かいわい》での悶着《もんちゃく》は迷惑でして」

「何者だ、貴様は」

ようやく浪人たちも、話しかけてきた男に向き直った。そして、男の背後にいる十数人の荒くれ男を見てたじろいだ。

「私は、清水湊《しみずみなと》で江戸へ米を運ぶ廻船をやってます、山本長五郎《やまもとちようごろう》と申します」

男が言うと、新九郎も思い当たった。来るときも、この辺りを通過する際にたいそう侠気《おとこぎ》のある長五郎という男がいるのが噂《うわさ》になっていた。

家業の傍《かたわ》ら喧嘩《けんか》と賭博《とばく》にも目がなく、あるいは今日も賭場《とば》からの朝帰りで、清水へ帰るところかも知れない。

するとと味方になってくれると思ったか、綾香が勢い込んで言った。

「私たちはお伊勢参りの帰りです。途中、雲助《くもすけ》に襲われたのをこの渡世人さんに助けられ、以後道連れになってもらってます。ご浪人から言いがかりを付けられる覚えなど何も」

「そうですか。あんたは」

長五郎が頷《うなず》き、新九郎に目を向けた。

「上州無宿の新九郎と申しやす」

「うん、新九郎さんの顔つきの方が信用できそうだが、ご浪人さんたちの言い分は？」

長五郎は、再び三人の浪人に向き直った。

「うるさい！　貴様ごときに説明する必要はない。用があるのはこの女二人だ」

「嫌がってるものを拐かそうというなら、私どもが相手になりますが」

長五郎が静かに言いながらも鋭《するど》い眼光を放った。得物など持っていなくても実に迫力があり、後ろに控《ひか》えている連中も屈強《くっきょう》そうだ。

「お、おのれ……、ひとまず引き上げだ」

浪人が言い、三人は踵《きびす》を返して脇道《わきみち》へと入っていった。人けのない場所を選んだのに、強そうな連中が押し寄せてきたので、一気に気持ちがくじけてしまったようだった。

三人の姿が見えなくなると、女二人が長五郎に辞儀をした。

「危ないところを有難《ありがと》うございました」

「いいえ、途中までお送りしましょうか」

長五郎が笑みを浮かべて言った。

「いや、それには及びやせん。お世話になりやした」

新九郎は言い、頭を下げた。

「新九郎さん、大した度胸だね。三人の浪人を前に全く動じていなかった。良ければ清水に寄って行きなさるか、少し逆戻りになるが」

「恐れ入りやすが、このまま御免《ごめん》を」

まだ興津の宿を出たばかりだから、昼までには歩を進めておきたかった。

「では、もしまた来ることがあったら清水にお立ち寄りを」

長五郎も無理強《じ》いせず、頭を下げると歩きはじめた。連中もゾロゾロと従い、綾香と小夜は一礼し、また新九郎と東に向かった。

「驚きました。この先も大丈夫でしょうか……」

「人通りも増えてくるから、気にせず参りやしょう」

新九郎は答え、また先頭を歩きはじめた。

すでに顔を知られてしまった以上、裏街道よりも人の多い東海道を堂々と行く方が良いだろう。

よく晴れて暖かく、右の彼方《かなた》には海が煌《きら》めき、左側の斜面は茶畑。もう半月もすれば茶摘《つ》みが始まる頃だろう。

そして由比《ゆい》を越え、蒲原《かんばら》で昼餉《ひるげ》。少し休んでからさらに吉原《よしわら》、原《はら》を過ぎて、たまに女二人は駕籠《かご》を使ってようやく沼津《ぬまづ》に着いた。もう駿河国も外れで、明日からは相模《さがみ》国に入ろう。

沼津は実に賑《にぎ》やかで、旅籠《はたご》は何とか町外れに取ることが出来た。

今度は隣同士の部屋である。例によって新九郎だけ先に入浴を済ませ、海の幸《さち》の多い夕餉を取った。

初音はどこにいるのか、もう女中に化《ば》けて顔を見せることはなかった。

床《とこ》が敷き延《の》べられると、新九郎も期待しながら横になることにした。

疲れは一向になく、淫気《いんき》ばかりが心身を満たして早くも硬く勃起してしまっている。

すると期待に違《たが》わず、境の襖《ふすま》が開いて綾香が入ってきた。しかも、何と小夜まで一緒ではないか。

「え……？　姫様まで？」

新九郎は驚いて身を起こし、居住まいを正した。

二人が入ってきたということは、今後の話し合いであろう。

「どうしてもご相談が……」

綾香が、ほんのり頰《ほお》を上気させ、恐る恐る言った。

「はい、何でございやしょう」

「姫様も江戸藩邸へ行けば、殿が良いように計《はか》らい、然るべき相手と娶《めあわ》せられることでございましょう。そうすれば国家老の目論見《もくろみ》も潰《つい》えます」

「ええ」

「しかし、その前に姫様はどうしても、好いた方で男女のことを知りたいと仰《おっしゃ》います。そして情交のことも、まだ私は何もお教えしておりませんので」

綾香が言い、小夜はモジモジと頰を染めていた。

むろん二人ともまだ入浴前で、緊張により甘ったるい匂《にお》いがいっそう濃く部屋に立ち籠《こ》めてきた。

「要するに、あっしの身体《からだ》で交接の稽古《けいこ》をなさりたいと……」

「は、はい……。思うお相手が一番と思いますので」

綾香が頷き、新九郎は新たな淫気に股間を熱くさせてしまった。

「構いやせん。ではは綾香様が良いように指図しておくんなさいまし」

新九郎も、期待と興奮に顔を上気させて答えた。

「有難う存じます。ではお脱《ぬ》ぎになって横に」

綾香が言い、新九郎はためらいなく帯を解いて浴衣《ゆかた》を脱ぎ去り、全裸になって布団《ふとん》に仰向《あおむ》けになった。

「姫様、こちらへ」

すると綾香が言って小夜を促《うなが》し、行燈《あんどん》も彼の股間の方へと引き寄せた。

「まあ、このようなものが……」

小夜は、新九郎の屹立《きつりつ》した肉棒に視線を釘付《くぎづ》けにさせて息を呑《の》んだ。

「本当は、姫君が見るものではありません。旦那様にされるまま、ただ横になっていれば良いのですが」

「ええ、でも私はどのようなものか知りたいので」

綾香がたしなめるように言ったが、小夜の好奇心も相当なようだった。それで綾香も押し切られたのだろう。

「なぜこのように勃って……、歩くときに邪魔でしょう……」

「普段は柔らかく小さいのです。今は私たち女に見られ、淫気を催《もよお》しているため交接できるよう硬く勃っているのです」

「入るのですか、かように大きなものが……」

小夜は言いながらも、肉棒から目が逸《そ》らせないようだった。

「もちろん初回は痛みますが、入りやすいよう女も淫水が溢《あふ》れて滑《なめ》らかになります。そして殿方も心地よくなり気を遣《や》れば、先の鈴口から精汁を放ち、うまく当たると子を成します」

「精汁は、ゆばりを放つ穴から」

「そうです。同じ穴でも、勃っているときは精汁だけが出ます」

綾香も頬を上気させ、懸命に説明したのだった。

二

「先から汁が滲《にじ》んでいるけれど、これが精汁……？」

小夜が、さらに顔を寄せて綾香に訊《き》いた。

新九郎は、自分の一物に美女たちの熱い視線を受けながら二人の会話を聞き、触れられていないのに激しい興奮が高まってきた。

「これは精汁ではなく、女の淫水と同じく交接を滑らかにするものです」

綾香が言うと、一物を見た小夜の衝撃も徐々に慣れたように和《やわ》らぎ、新たな好奇心が湧《わ》いてきたようだった。

「触れてみたい。いい?」

「ほんの少しだけですよ。優しく、このように……」

小夜が手を伸ばしそうになったので、先に綾香が指を這《は》わせてきた。幹をやんわりと握《にぎ》り、張りつめた亀頭に触れた。

すると小夜も一緒になっていじりはじめ、綾香も手を離した。

「く……」

無垢《むく》な指に亀頭を撫《な》でられ、新九郎は小さく呻《うめ》いた。

「痛くないかしら。生き物のように動いているわ……」

小夜は言い、いったん触れると度胸が付いたようにニギニギと動かしてきた。

「この袋は?」

「子種を作るふぐりで、大切な玉が二つ入っていますが、急所なのでことのほか優しく」

綾香も興奮を高めたように息を弾《はず》ませて言い、小夜はふぐりに触れてそっと睾丸を確認した。

さらに鈴口からの粘液が量を増し、新九郎は一度出さないと落ち着けないほどになってきた。もちろん立て続けでも出来るし、一国の姫君への畏《おそ》れ多さよりは淫気の方が強かった。

「ね、精汁が出るところを見てみたい。どのようにすれば」

「い、いじっていれば気持ち良くなって出るのですが……」

綾香が答えると、小夜は新九郎の顔色を窺《うかが》いながら、様々にいじりはじめてくれた。幹を両手で錐揉《きりも》みにしたり、あるいはお団子でも丸めるように亀頭を挟《はさ》んで動かしたりした。

新九郎も、無邪気な愛撫《あいぶ》にすっかり高まってきた。

「まだ出ないようだわ。綾香がしてみて、お口で」

「え……」

小夜の言葉に、綾香はビクリと身じろいだ。

「なぜ……」

「お寺に泊まったとき、夢うつつに見たのです。綾香がしていたことを」

小夜が言い、綾香は衝撃を受けながらも、自《みずか》らもすっかり興奮を高め、姫君に言われるまま屈《かが》み込んだ。

先端に口づけし、舌を這わせて鈴口から滲む粘液を舐《な》め取り、さらに丸く開いた口でスッポリと亀頭を含み、根元まで呑み込んでいった。

熱い息が股間に籠もり、新九郎は美女に吸われ、クチュクチュと舌に弄《もてあそ》ばれながら急激に絶頂を迫らせた。綾香の愛撫のみならず、小夜の無垢な視線と熱い好奇心も快感に拍車をかけた。

思わずズンズンと股間を突き上げると、綾香も合わせて顔を上下させ、唾液に濡《ぬ》れた口でスポスポと摩擦《まさつ》してくれた。柔らかな唇が亀頭の雁首《かりくび》を擦《こす》り、何とも心地よかった。

「い、いきそう……」

新九郎が限界を迫らせて言うと、

「待って、私も」

いきなり小夜が言って、綾香の口を引き離させた。

「ひ、姫様……」

綾香は言ったが、小夜はためらいなく彼女の唾液にまみれた亀頭を舐めた。

さらに肉棒を含んで吸い付き、内部でクチュクチュと舌を蠢《うごめ》かせてきたのだ。

「アア……」

新九郎は快感に喘《あえ》ぎ、姫君の口の中でヒクヒクと幹を震わせた。

口の中の温《ぬく》もりや感触が微妙に異なり、彼はいよいよ危うくなった。

しかし小夜は口が疲れたようにスポンと離れ、綾香を引き寄せた。

「ね、一緒に」

小夜が言うと、綾香も興奮に突き動かされるまま顔を埋《うず》め込んできた。

今度はふぐりを舐め回して睾丸を転がし、さらに綾香は彼の脚まで浮かせてきたのだ。

前に自分がされたことを全て行い、無垢な小夜にとことん悦《よろこ》びを教えようというのだろうか。

綾香は彼の肛門まで舐め回し、ヌルッと舌を潜《もぐ》り込ませてきた。

すると小夜も真似《まね》をし、綾香が舌を引き離すと、自分も同じように清らかな舌を挿《さ》し入れた。

「あう……」

新九郎は、肛門で姫君の舌先を締め付けながら呻いた。

中で舌が蠢くたび、内側から刺激されるように一物がヒクヒクと上下した。

風呂上がりなので、二人とも嫌ではないのだろう。

肛門とふぐりを充分に舐めてから、本能に突き動かされるように、二人は肉棒を舐め上げてきた。

それぞれの舌が裏側と側面をたどり、同時に亀頭に達し、鈴口が交互にしゃぶられた。

二人分の息が熱く籠もって恥毛がそよぎ、代わる代わる含まれるたび、混じり合った唾液がどっぷりと肉棒を温かく浸《ひた》した。

微妙に異なる温もりと舌の蠢きに翻弄《ほんろう》され、新九郎はもうどちらに呑み込まれているか分からなくなるほど高まり、小刻《こきざ》みに股間を突き上げて摩擦快感に酔いしれた。

「い、いく……、アアッ……！」

とうとう限界に達し、彼は大きな絶頂の快感に全身を貫《つらぬ》かれながら喘いだ。

同時に熱い大量の精汁がドクンドクンと勢いよくほとばしり、ちょうど含んでいた小夜の喉の奥を直撃した。

「ンンッ……！」

小夜が驚いたように呻き、無意識に当たる歯が新鮮な快感を与えた。

すぐに小夜が口を離すと、すかさず綾香が含んでくれ、余りの精汁を吸い出してくれた。

「あうう……」

魂《たましい》まで吸い取られるような快感に呻き、とうとう新九郎は心置きなく最後の一滴まで出し尽《つ》くしてしまった。

「ああ……」

満足して声を洩《も》らし、グッタリと身を投げ出すと、綾香も吸引と舌の蠢きを止め、亀頭を含んだまま口に溜《た》まったものをゴクリと飲み込んでくれた。

「く……」

嚥下《えんげ》とともに口腔がキュッと締まると、新九郎は駄目押《だめお》しの快感に呻き、ピクンと幹を震わせた。

それを見て、どうしたものか迷っていた小夜も、口の中のものを飲み干した。

ようやく綾香もチュパッと口を離し、余りをしごくように幹を握って動かしながら、鈴口に脹《ふく》らむ白濁《はくだく》の雫《しずく》まで丁寧《ていねい》に舐め取ってくれた。

亡夫にもしていないだろうが、やはり女の本能によるものかも知れない。

「も、もう、どうかご勘弁《かんべん》を……」

新九郎が過敏に反応し、クネクネと腰をよじって言うと、綾香も舌を引っ込めて顔を上げた。

「飲んでも大丈夫なのね。少し生臭いけれど、嫌じゃないわ……」

小夜が言い、荒い呼吸を弾ませている新九郎の表情と、満足げに勢いを失っていく肉棒を交互に見ていた。

「柔らかくなっていくみたい……」

「少し経《た》つと、また淫気が甦《よみがえ》って硬く勃ちますので」

小夜が言うと、綾香が答えた。

「ね、じゃ少し待つ間、綾香も脱いで。私は女の身体も知らないのだから」

小夜の言葉に、新九郎も余韻《よいん》の中で呼吸を整えながら、僅《わず》かにずれて場所を空けた。

すると綾香も、今宵《こよい》はとことん行うつもりのようで、帯を解いて浴衣を脱ぎ去り、一糸まとわぬ姿で布団に仰向けになっていった。

「脚を開いて」

小夜が腹這いになって言うと、綾香も僅かに両膝《ひざ》を立てて左右に広げた。

新九郎は急激に淫気を甦らせ、身を起こすと小夜と一緒になって綾香の股間に潜り込んでいった。

「アア……」

大股《おおまた》開きになった綾香は、二人分の熱い視線を受けて喘いだ。僅かに開いた陰戸《ほと》は、大量の蜜汁にヌメヌメと潤《うるお》っていた。

三

「すごい濡れているわ……。これなら入れても痛くなさそう……」

小夜が目を凝《こ》らして囁《ささや》き、新九郎も彼女と頬を寄せ合うようにして綾香の熟《う》れた陰戸を見つめた。

そして指を伸《の》ばし、陰唇を広げると、息づく膣口の襞《ひだ》には白っぽい粘液もまつわりついていた。

「この穴に入れるのね」

「ええ、指を入れてごらんなさい。このように」

小夜が言い、新九郎は答えながら指を一本ヌルッと潜り込ませた。

「あう……！」

綾香が呻き、滑らかに入った指をキュッと締め付けてきた。

彼が引き抜くと、小夜も同じように指を挿し入れていった。

「柔らかくて温かいわ。すごくヌルヌルする……」

小夜が囁き、綾香の股間から発する熱気に姫君の甘酸《あまず》っぱい息の匂いが混じって彼の鼻腔《びこう》を刺激してきた。それだけで、新九郎はムクムクと急激に回復してしまった。

「でも、私もこんなに沢山《たくさん》濡れるかしら……」

「ここをいじると気持ち良くて濡れやすので」

小夜が指を引き抜いて言うと、新九郎は答えながら指の腹でクリクリとオサネをいじった。

「アアッ……！」

綾香がビクッと反応して喘ぎ、さらに膣口が収縮して潤いが増してきた。

「すごいわ。綾香、気持ちいいのね」

「こうすると、もっと」

新九郎も、さっきの綾香のように手本を見せて顔を迫らせた。

黒々と艶《つや》のある茂《しげ》みに鼻を埋め込み、濃厚な汗とゆばりの匂いを嗅《か》ぎながら舌を這わせはじめた。

「まあ……、殿方が舐めるの？　ゆばりを出すところを……」

小夜が驚いて息を呑み、新九郎は淡《あわ》い酸味のヌメリをすすって、膣口からオサネまで舐め上げていった。

「ああ……、い、いい気持ち……」

綾香も朦朧《もうろう》となり、姫君の前ということも忘れたようにクネクネと狂《くる》おしく悶《もだ》えて喘いだ。

「ここも、あっしにしてくれやしたね」

新九郎は顔を上げて言い、綾香の両脚を浮かせ、白く丸い尻の谷間にも鼻を埋め込んだ。桃色の蕾《つぼみ》に籠もる生々しい匂いで鼻腔を満たしてから、舌先で襞を舐めて濡らし、ヌルッと潜り込ませて粘膜を味わった。

「あう……！」

綾香が呻き、キュッときつく肛門で彼の舌先を締め付けた。

そして脚を下ろすと再びオサネに吸い付き、指も入れて内壁を擦った。

「か、堪忍《かんにん》、いっちゃう……、アアーッ……！」

とうとう綾香は声を上ずらせ、弓なりに身を捩《よじ》らせてガクガクと痙攣《けいれん》した。

淫水も粗相《そそう》したように溢れ、やがてグッタリとなると新九郎も舌を引っ込め、指を引き抜いた。

「すごい、綾香、気持ち良かったのね……」

小夜は、同性の凄《すさ》まじい絶頂に目を見張りながら言った。

そして綾香が何度かピクンと肌を震わせ、ようやく呼吸が整うと、待っていたように小夜が言った。

「ね、綾香、お願い。私と新九郎様を二人きりにさせて」

どうやら小夜は、今のような行為を新九郎にしてもらいたいが、綾香には見られたくないようだった。

「か、構いません。でも新九郎様、姫様の中では決して精汁を放たないで下さいませ」

綾香が身を起こし、懇願するように頭を下げて言った。

確かに、婚儀も整わぬうちに孕《はら》んでしまっては困るだろう。

「ええ、もちろん承知しておりやす」

「お願い致します。交接しても、試すだけですぐ抜いて下さいませ」

「分かりやした。では最後は、また綾香様に入れて果てとう存じやすが」

「はい、ではその頃にまた参ります」

綾香は言って浴衣を羽織《はお》り、あとを彼に任せて隣室に戻っていった。

すると小夜も帯を解き、ためらいなく脱ぎ去って全裸になると、布団に仰向けになった。

もちろん新九郎の一物も、すっかり元の硬さと大きさを取り戻していた。

見下ろすと、十八歳の姫君の無垢な肢体《したい》が期待と緊張に息づいていた。

さすがに透《す》けるように色白の肌をし、乳房も一人前の形良さを持ち、ぷっくりした股間の丘に楚々《そそ》とした若草も煙《けむ》っていた。

そして小夜は幼い頃から人に下の世話まで焼いてもらっていたせいか、羞恥《しゅうち》心《しん》だけは湧かないようで、乳房や股間を隠すこともしなかった。

「では、触れさせて頂きやす。お嫌なときは仰って下さいやし」

新九郎は言って屈み込み、薄桃色をした小夜の無垢な乳首にチュッと吸い付いていった。

「アア……」

小夜がビクリと反応して喘ぎ、甘ったるい匂いを揺らめかせた。

どうせ襖の隙間《すきま》から、綾香が興奮を抑えながら様子を窺っていることだろう。

新九郎は優しく吸いながら乳首を舌で転がし、柔らかな膨《ふく》らみに顔を押し付けて生娘《きむすめ》の感触を味わった。

もう片方にも移動して含み、充分に舐め回すうち、小夜はじっとしていられないようにクネクネと身悶えて息を弾ませた。快楽と言うよりは、まだくすぐったい感覚の方が強いかも知れない。

両の乳首を充分に味わうと、さらに新九郎は小夜の腋の下にも鼻を埋め込んでいった。そこは可憐《かれん》な和毛《にこげ》が生ぬるく湿り、甘ったるい汗の匂いが馥郁《ふくいく》と籠もっていた。

彼は胸いっぱいに生娘の体臭を嗅いでから舌を這わせ、滑らかな肌を舐め降りていった。スベスベの肌はほんのりと汗の味がし、愛らしい縦長の臍《へそ》を舐め、ピンと張り詰めた下腹に顔を押し付けると、圧迫を跳《は》ね返すような何とも心地よい弾力が伝わってきた。

腰からムッチリした太腿《ふともも》を舐め降り、足首まで移動して足裏に顔を押し付けると、さすがに慣れない長歩きに肉刺《まめ》も出来ていて、新九郎は癒《い》やすように丁寧に舌を這わせた。

そして細く華奢《きやしや》な指の間に鼻を押しつけると、さすがに姫君でもそこは汗と脂《あぶら》にジットリ湿り、蒸れた匂いが濃厚に沁《し》み付いていた。

新九郎は姫の足の匂いを存分に嗅いでから爪先《つまさき》にしゃぶり付き、全ての指の股に舌を割り込ませ、両足とも隅々まで賞味したのだった。

「アア……、くすぐったい……」

小夜はヒクヒクと白い下腹を波打たせて喘ぎ、しきりに腰をよじらせた。

やがて新九郎は彼女の脚の内側を舐め上げ、滑らかな内腿をたどって股間に顔を寄せていった。

大股開きにさせて目を凝らすと、ぷっくりした丘に楚々と若草が煙り、丸みを帯びた割れ目から桃色の花びらが僅かにはみ出していた。

中も綺麗な色合いをした柔肉で、無垢な膣口が花弁のように襞を入り組ませて息づき、ポツンとした尿口も見え、包皮の下からは小粒のオサネが光沢ある顔を覗《のぞ》かせていた。

しかし彼は先に小夜の両脚を浮かせ、尻の谷間に迫った。

奥には薄桃色の蕾がキュッと閉じられ、綺麗な襞が揃《そろ》っていた。

鼻を埋め込んで嗅ぐと、やはり姫君でも生々しい匂いが感じられた。

新九郎は、淡い汗の匂いに混じった微香を胸いっぱいに貪《むさぼ》ってから、舌を這わせて襞を濡らし、ヌルッと潜り込ませて粘膜を味わった。

「あう……」

小夜がか細く呻き、肛門で舌先を締め付けてきた。

彼は中で舌を蠢かせ、ようやく脚を下ろして生娘の陰戸に戻った。

桃色の柔肉はネットリとした蜜汁に潤い、もう堪《たま》らずに顔を埋め込み、柔らかな若草に鼻を擦りつけて嗅いだ。

恥毛の隅々には、やはり汗とゆばりの匂いが可愛《かわい》らしく籠もり、彼は何度も嗅ぎながら舌を挿し入れていった。

ヌメリは淡い酸味を含んで舌の動きを滑らかにさせ、彼は膣口の襞をクチュクチュ掻《か》き回して味わってから、柔肉をたどってゆっくりとオサネまで舐め上げていった。

「アアッ……、そこ……」

舌先が突起に触れると、小夜が驚いたように声を上げ、キュッと内腿で彼の両頰を挟み付けてきた。やはり自分でいじったことなどもなく、その感覚は実に新鮮なものだったろう。

新九郎はチロチロと小刻みに舌を蠢かせてオサネを愛撫し、潤いを増した膣口に指を挿し入れていった。

中は熱く、さすがに締まりも良いが指はヌメリに助けられて滑らかに奥まで吸い込まれていった。彼は内壁を揉みほぐすように擦り、なおもオサネを舐め続けて充分に高まらせたのだった。

四

「ああ……、い、いい気持ち……」

小夜が顔を仰《の》け反《ぞ》らせて喘ぎ、ヒクヒクと下腹を波打たせながら、味わうようにきつく新九郎の指を締め付け続けた。

これだけ濡れれば、もう挿入できるだろう。

新九郎は舌を引っ込め、ヌルッと指を引き抜いて身を起こした。

股間を進め、急角度にそそり立った一物に指を添《そ》えて下向きにさせ、先端を割れ目に擦りつけて大洪水になっている蜜汁をまつわりつかせた。

小夜も、いよいよだと覚悟して、じっと息を詰めていた。

彼は位置を定め、グイッと股間を突き出していった。

張りつめた亀頭が生娘の膣口を丸く押し広げて、ズブリと潜り込んだ。

「あう……！」

小夜が眉《まゆ》をひそめて呻き、今までの快感とは違う破瓜《はか》の痛みに全身を強《こわ》ばらせた。しかし最も太い雁首が入ってしまうと、潤いも豊富なので彼はヌルヌルッと根元まで押し込むことが出来た。

中はさすがにきつく、熱いほどの温もりに満ちて実に心地よかった。

新九郎は股間を密着させ、温もりと感触を味わいながら身を重ねていった。

「痛いですか」

「ええ……、でも平気……」

気遣って囁くと、小夜が健気《けなげ》に答え、下から両手で激しくしがみついてきた。

上から唇を重ね、舌を挿し入れて滑らかな歯並びを舐めると、彼女も口を開いて受け入れてくれた。

新九郎は、生温かく清らかな唾液に濡れた姫君の舌を舐め回し、甘酸っぱい果実臭の息に酔いしれた。

そして快感に任せ、小刻みに腰を突き動かしはじめた。

「ンンッ……！」

小夜が熱く呻き、反射的にチュッと強く彼の舌に吸い付いたが、やがて息苦しげに口を離した。

もう良いだろう。挿入を体験したし、長引いても大きな快感が来るとも思えない。それに襖の陰《かげ》から、綾香も気が気でなく覗いているに違いない。

新九郎は身を起こし、ゆっくりと股間を引き離した。

「アア……」

支えを失くしたように小夜が声を洩らし、グッタリと身を投げ出した。それでもまだ異物感が残っているように、ヒクヒクと肌を震わせていた。

覗き込むと、うっすらと出血していたが大したことはない。

そこで襖が開き、綾香が入ってきた。

「いかがでしたか。痛かったでしょう」

綾香が囁き、懐紙でそっと陰戸を拭《ぬぐ》ってやり、ついでに新九郎が中で漏《も》らしていないか確認もした。

「ええ……、でも、これが情交なのですね……」

小夜が、残る痛みより体験した嬉《うれ》しさの方が大きいように答えた。

新九郎は、小夜に添い寝するように仰向けになった。

「さあ、では綾香様が入れておくんなさいまし」

言うと、綾香も待ちかねていたように身を起こした。

しかし、すぐ挿入してしまうと激しく動いてしまい、すぐ済んでしまうので勿《もっ》体《たい》なかった。

「どうか、ここへ立って足をあっしの顔に」

「まあ、そのようなことを……」

「やはり舐めないと燃えやせんので」

言うと、綾香も早く入れたい気を抑え、言われるまま立ち上がって彼の顔の横に進み、恐る恐る足裏を顔に乗せてくれた。

新九郎は足首を押さえ、顔中で美女の足裏を感じながら舌を這わせ、指の股の湿り気と蒸れた匂いを味わった。

「アア……、い、いけません……」

綾香はガクガク膝を震わせ、壁に手を突いて身体を支えながら喘いだ。

小夜も、破瓜の痛みの余韻の中で、目を丸くして二人の行為を見守っていた。

彼は爪先をしゃぶり、足を交代してもらい全ての指の股を味わった。

「さあ、では跨《また》いでしゃがみ込んで」

新九郎が口を離して言い、綾香の両足首を握って顔の左右に置いた。

「ああ……、何と、恥ずかしい……」

綾香もそろそろとしゃがみ込み、厠《かわや》に入ったように新九郎の顔にしゃがみ込んできた。白い脹《ふく》ら脛《はぎ》と内腿がムッチリと張り詰め、すでに大量の蜜汁に濡れている陰戸が彼の鼻先に迫った。

新九郎は真下から茂みに鼻を埋め込み、濃厚な体臭で鼻腔を満たして嗅ぎながら舌を這わせていった。

ネットリとした淡い酸味の潤いが舌を濡らし、彼は膣口からオサネまで舐め上げ、味と匂いに酔いしれた。

「アア……、い、いい気持ち……」

綾香が顔を仰け反らせて喘ぎ、しゃがみ込んでいられずギュッと座りそうになりながら、彼の顔の左右で懸命に両足を踏ん張った。

さらに彼は白く豊満な尻の真下に潜り込み、谷間の蕾に鼻を埋め込んで嗅ぐと顔中にひんやりした双丘が密着してきた。

舌を這わせ、ヌルッと潜り込ませて粘膜を探ると、

「あうう……、駄目……」

綾香も次第に朦朧となって呻き、肛門を締め付けてきた。

新九郎は綾香の前も後ろも存分に味わうと、もう限界らしく、彼女が自分からビクッと股間を引き離してきた。

そして顔を移動させ、姫君の破瓜の血と淫水に濡れた肉棒にしゃぶり付いてきたのだ。

「ンンッ……！」

喉の奥まで呑み込んで吸い付き、執拗に舌をからめてきた。しかし唾液に濡らすのが目的だから、良い頃合いでスポンと口を離した。

「どうぞ、上から」

言うと綾香も我慢できなくなっているのか、ためらいなく彼の股間に跨がってきた。唾液に濡れた先端に陰戸を押し付け、位置を定めると息を詰めてゆっくり腰を沈めていった。

たちまち、屹立した一物がヌルヌルッと滑らかに熟れた果肉の奥に根元まで呑み込まれた。

「ああッ……、いい、奥まで当たります……」

綾香が完全に股間を密着させ、ぺたりと座り込みながら顔を仰け反らせて喘いだ。新九郎も、肉襞の摩擦と温もり、ヌメリと締め付けに包まれて急激に絶頂を迫らせた。

彼女は何度かグリグリと股間を擦りつけてきたが、上体を起こしていられないように身を重ねてきた。

新九郎も抱き留め、潜り込むように柔らかな乳房に顔を埋め、乳首に吸い付きながら舌で転がした。甘ったるい汗の匂いが生ぬるく鼻腔を満たし、動かなくても膣内は息づくような収縮が繰り返された。

「アア……、お願い、突いて……、強く奥まで……！」

綾香が夢中になって声を上ずらせ、自分から狂おしく股間をしゃくり上げるように動かしはじめた。

恥毛が擦れ合い、コリコリする恥骨の膨らみも伝わり、彼の胸には乳房が押し付けられた。

新九郎も両手を回しながら、ズンズンと徐々に股間を突き上げ、綾香の白い首筋を舐め上げながら唇を求めていった。

小夜が、痛くないのだろうかと目を丸くして見守っている。

唇を重ねて舌をからめると、綾香もネットリと蠢かせ、生温かな唾液を送り込んでくれた。

新九郎は、花粉のように甘い息の匂いに興奮を高め、突き上げに勢いを付けていった。

しかし昇り詰める前に、彼は添い寝している小夜の顔も引き寄せたのだ。

小夜も嫌がらずに、口吸いをしている二人の間に割り込むように舌を伸ばしてきた。

新九郎は、それぞれの舌を同時に舐め回し、混じり合った唾液でうっとりと喉を潤した。しかも綾香の花粉臭の息と、小夜の甘酸っぱい果実臭の息が混じり合い、悩ましく鼻腔を掻き回し、胸に沁み込んでいった。その刺激が胸から一物に伝わり、どうにも我慢できなくなってしまった。

「な、舐めて……」

新九郎は高まりながら言い、二人のかぐわしい口に顔中を押し付けた。

すると小夜も綾香も舌を這わせ、ヌラヌラと彼の顔中を二人分の唾液にまみれさせてくれた。

「い、いく……！」

美女たちの唾液と吐息に包まれ、新九郎は肉襞の摩擦の中で昇り詰めてしまった。溶けてしまいそうな快感とともに、ありったけの熱い精汁がドクンドクンと勢いよく柔肉の奥にほとばしった。

「あ、熱いわ、いく……、アアーッ……！」

噴出を感じた途端に綾香が口走り、そのままガクガクと狂おしい痙攣を開始して激しく気を遣ってしまった。小夜も息を呑み、女の絶頂の凄まじさに身を強ばらせていた。

新九郎は、収縮する内部で心ゆくまで快感を味わい、最後の一滴まで出し尽くしていった。

すっかり満足しながら突き上げを弱めていくと、

「ああ……」

綾香も精根尽き果てたように声を洩らし、熟れ肌の硬直を解いてグッタリともたれかかってきた。

新九郎は締まる膣内に刺激され、ヒクヒクと過敏に幹を震わせた。そして贅沢《ぜいたく》にも、二人分のかぐわしい息を嗅ぎながら、うっとりと快感の余韻に浸り込んでいったのだった……。

五

「女の足で箱根《はこね》越えはきついでしょう。それに関所に手が回ってるかも知れやせんので、海側を回ることにいたしやす」

沼津の宿を出ると新九郎は言い、三島《みしま》へ向かわず、東海道を外れて韮山《にらやま》へと向かった。

小夜も、情交を体験したせいか心なしか色気が増し、たまに熱く新九郎を見つめてきた。後悔した様子もないので彼も安心し、やがて韮山を越えて大場《だいば》の宿で昼餉。

そして熱海《あたみ》入湯道を進んだが、寂《さび》しい山道でも幸い浪人たちは襲ってこなかった。箱根越えほど険しくはないが、軽井沢峠《かるいざわとうげ》を何とか抜け、暗くなる頃にようやく海が見えてきて熱海に到着した。

さすがに二人とも疲労困憊《こんぱい》したようだが、野宿よりはましであろう。

旅籠に入り、夕餉を済ませて温泉に浸《つ》かると、すぐにも二人は眠り込んでしまったのだった。

「相当に無理させましたね」

初音が、新九郎の部屋に来て言った。鳥追い姿なので、今宵は彼女も客として泊まっているようだ。

「ああ、会いたかった」

「嘘《うそ》ばっかり。あのお二人に夢中でしょう。それにしても、淫気の強い渡世人さんというのはなんて厄介《やっかい》」

新九郎が言って縋《すが》り付くと、初音は苦笑しながらも添い寝してくれた。

「二人を気遣っていたからお疲れでしょう」

「いや、お前の方こそ」

彼は言い、懐かしい初音の匂いと温もりに包まれた。新九郎などより、見えつ隠れつ一行の後先を進んできた初音の方がずっと疲労しているはずだが、彼女はいつも実に潑剌《はつらつ》としていた。

「とにかく、今宵はもうお休みになった方がよろしゅうございます」

「でも、こんなに」

新九郎は浴衣の裾《すそ》をめくり、早くも勃起した一物を見せた。初音といる時だけは、渡世人や武家の言葉も無用で、つい甘えるような口調になってしまう。

「まあ、困ったお方ですね」

初音も甘やかすように言い、やんわりと肉棒に触れてきた。

「じゃ、お口に出しますか」

「いや、入れる。その前に陰戸を舐めたい」

新九郎は、仰向けのまま初音の足首を引き寄せた。

初音も引っ張られるまま、自分から裾をめくって彼の顔を跨いでしゃがみ込んでくれた。素破《すっぱ》は言いつけにはためらいなく従ってくれるので、羞恥に迷うことは一切無い。

内腿がムッチリと張り詰め、熱気と湿り気の籠もる股間が鼻先に迫った。

新九郎は腰を抱えて引き寄せ、柔らかな茂みに鼻を埋め込み、隅々に籠もる匂いを貪った。

素破は戦いに臨むときには全ての匂いを消すものだが、今はごく普通にしているので、甘ったるい汗の匂いが濃厚に沁み付き、それに悩ましいゆばりの匂いも入り混じって鼻腔を刺激してきた。

舌を這わせると、すぐにも生温かく淡い酸味のヌメリが溢れてきた。

新九郎は初音の匂いを貪り、夢中で淫水をすすってオサネを舐めた。

「あん……」

初音も声を洩らし、しばしグリグリと彼の顔に陰戸を押し付けてから、身を反転させて屈み込んだ。女上位の二つ巴《ふたどもえ》になり、彼女が一物にしゃぶり付くと、新九郎の鼻先に白く丸い尻が突き出された。

指で谷間を開き、可憐な薄桃色の蕾に鼻を埋めて嗅ぐと、素破も姫君も変わらない生々しい微香が籠もっていた。

顔中に双丘を受け止めながら充分に嗅ぎ、舌を這わせて襞を濡らし、中にも潜り込ませてヌルッとした粘液を味わった。

「ク……」

亀頭を含んでいた初音が呻き、熱い鼻息がふぐりをくすぐった。

そのまま彼女はスッポリと根元まで呑み込み、唇で幹を締め付けて吸いながらネットリと舌をからませてきた。

「ああ……」

新九郎も快感に喘ぎ、舌を引き離して初音の艶《なま》めかしい股間を見上げた。

やがて彼女がスポンと口を離すと身を起こし、向き直って茶臼《ちゃうす》で跨がり、唾液に濡れた先端を陰戸に受け入れて股間同士を密着させた。

「アァッ……!」

初音が顔を仰け反らせて喘ぎ、ヌルヌルッと滑らかに一物を根元まで受け入れてキュッと締め付けた。

新九郎は温もりと感触を味わい、内部でヒクヒクと幹を震わせた。

彼女は座り込んだまま手早く帯を解き、着物も襦袢《じゅばん》も脱ぎ去って形良い乳房を露《あら》わにしてくれた。

抱き寄せると、彼は潜り込むようにして色づいた乳首に吸い付き、顔中で膨らみを感じながら舌で転がした。

「ああ、いい気持ち……」

初音は熱く喘ぎ、徐々に腰を動かしはじめた。

新九郎も左右の乳首を味わいながらズンズンと股間を突き上げ、さらに腋の下にも鼻を埋め込んで嗅いだ。汗に湿った和毛には、何とも甘ったるい匂いが濃厚に籠もり、その刺激が胸から一物に伝わっていった。

そして首筋を舐め上げて唇を求めると、彼はしっかりとしがみつき、本格的に股間を突き上げはじめていた。

唇を重ねると、初音も舌をからめ、生温かな唾液を与えてくれた。

新九郎は肉襞の摩擦に高まりながら、滑らかに蠢く初音の舌を舐め回し、甘酸っぱい息の匂いに酔いしれた。同じ果実臭でも、城育ちの小夜とは違い、野山の野趣溢れる匂いである。

彼女も、新九郎が好むのを知っているから、ことさらにトロトロと多めの唾液を注ぎ込んでくれ、彼は生温かく小泡の多いトロリとした粘液でうっとりと喉を潤した。

初音の蜜汁も大洪水になり、動きを滑らかにさせて互いの股間をビショビショにさせた。

「いいわ、いきそう……」

初音が顔を寄せて熱く囁き、動きと収縮を活発にさせてきた。

「舐めて……」

新九郎は喘ぐ口に鼻を押しつけて言うと、彼女もネットリと舌を這わせ、垂らした唾液を塗り付けるように顔中までヌルヌルにまみれさせてくれた。

「い、いく……」

とうとう新九郎は声を洩らし、大きな絶頂の快感に全身を貫かれてしまった。

同時に熱い大量の精汁をドクンドクンと勢いよく注入すると、

「き、気持ちいい……、ああーッ……！」

噴出を感じた初音も、同時に声を上ずらせ、激しく気を遣りながらガクガクと狂おしい痙攣を開始した。

新九郎は快感を嚙み締め、心置きなく最後の一滴まで出し尽くした。

やはり気心の知れている初音とは、実にしっくりと肌が合い、気遣いなく快感を得ることが出来た。

出し切って動きを止め、満足しながら彼が力を抜いていくと、

「アア……」

初音も肌の強ばりを解き、声を洩らしながらグッタリともたれかかってきた。

新九郎は彼女の重みと温もりを得ながら、まだキュッキュッと収縮を繰り返す膣内でヒクヒクと過敏に幹を震わせた。

そして初音の甘酸っぱい息を胸いっぱいに嗅ぎながら余韻を味わい、呼吸を整えた。

やがて初音が身を起こし、懐紙で手早く一物と陰戸を拭って身繕《みづくろ》いをした。

「さあ、明日から相模国ですよ。お方様のご実家である喜多岡《きたおか》家があるので安心です」

「いや、喜多岡家に余計なことは言わないでくれ。ただの渡世人なのだから」

「ええ、承知しております」

新九郎が言うと初音が答え、彼にそっと掻巻《かいまき》を掛けると、そのまま静かに部屋を出て行った。

彼もさすがに疲れ、すぐに眠り込んでしまったのだった。

第三章　女武芸者の熱き好奇心

一

「あの鳥追い女、何度か見かけたような……」

茶店で昼餉《ひるげ》の折り、綾香が向こうの縁台にいる初音を指して言った。

三人は朝に熱海の宿を出ると、右手に海を見ながら根府川《ねぶかわ》道を抜けて相模国に入り、今は真鶴《まなづる》で休息していた。

綾香も小夜も昨日の疲れは残っておらず、昨夜は情交もしなかったのでぐっすり眠ったらしく元気だった。

「ああ、顔見知りの女です。私も中田を通る前に何度か顔を合わせやしたので」

「左様《さよう》ですか」

新九郎が言うと、綾香が微《かす》かな嫉妬《しっと》の色を見せて答えた。初音はまだ二十歳前で若く美しいので、すでに彼と懇《ねんご》ろな仲ではないかと思ったのかも知れない。

自分の話題に気づいたか、初音がこちらを向いて会釈《えしゃく》した。

「でも、顔見知りなのに一向に話しかけてきませんね」

「それは、あっしが美女を二人も連れているから遠慮しているのでしょう」

彼が答えると、初音は鳥追いの笠を被り、もう一度こちらに軽く頭を下げて先に行ってしまった。

「それより、追っ手も諦《あきら》めたのでしょう。間もなく東海道に戻って、今夜は小《お》田《だ》原《わら》に宿を取りやす」

「ええ」

言うと綾香と小夜も立ち上がり、また杖《つえ》を手に歩きはじめた。

しかし東海道に戻ろうとする直前の野原で、またもや三人の浪人者が姿を現したのだった。

どうやら人の通らぬ場所で待っていたのだろう。

「おい、渡世人《とせいにん》。姫を寄越《よこ》せ」

一人が言い、今度は三人ともためらいなく抜刀した。

ここを逃すと、あとは人通りの多い東海道で、小田原から江戸まで襲う機会もないと思ったのだろう。

「しつこいですぜ。このお二人はお伊勢帰りだと何度も」

「ええい、どうにも邪魔だてするなら斬る！」

三人が切っ先を向け、三方から新九郎に迫《せま》ってきた。とにかく新九郎を斬り、手に余れば綾香まで亡《な》き者にし、あとは強引に姫だけ連れ去ろうというつもりらしい。

新九郎は二人を背後に押しやり、彼もスラリと刀を抜き放った。

だがそのとき、彼方《かなた》から戛々《かつかつ》と蹄《ひづめ》の音を響かせて一騎の馬がこちらへと駆け寄ってきた。

「待て待てえ！」

凛《りん》とした声が響き、馬が前足を上げて嘶《いなな》いた。

馬上の人はヒラリと降り立ってこちらに迫ったが、束ねた長い髪をなびかせ、大小を帯びた二十代半ばの女ではないか。

新九郎は前林藩の女武芸者、片岡《かたおか》飛翔《ひしょう》を思い出した。

「ちいッ、また邪魔か」

「だが一人だ、しかも女」

三人は一瞬怯《ひる》んだが、来たのがたった一人の女だと知り、闘志を甦《よみがえ》らせた。

「ここは喜多岡家の領内である！　刃傷沙汰《にんじようざた》とは何事か！」

「やかましい！　関わりないものは立ち去れ。斬られたいのか！」

一人が言うと、女丈夫は濃い眉《まゆ》を険しくさせ、一瞬にして抜刀するなり男の手首に斬りつけていた。

「うわ……！　こ、この女……」

刀を取り落とした男が呻《うめ》いたが、どうやら相当に血の気の多い女丈夫らしい。

「おのれ！」

もう一人が彼女に斬りかかり、残った男は新九郎に突きかかってきた。

新九郎は攻撃を右に弾《はじ》いて小手《こて》に斬りつけると、男も得物を取り落としてうずくまった。

見ると、女丈夫は苦もなく男の刀を叩き落とし、痛烈な峰《みね》打《う》ちを左肩に叩き込んでいた。

「むぐ……！」

男は膝《ひざ》を突いて呻き、前のめりに倒れた。

三人の浪人者が戦意を喪《うしな》うと、彼女は懐紙で刀身を拭《ぬぐ》って素早く納刀。新九郎も得物を合羽《かっぱ》で拭い、鞘《さや》に納めた。

「渡世人、どういう経緯か。私は当藩の剣術指南役、四条真夏《しじようまなつ》」

彼女は新九郎を睨《にら》み付け、背後にいる二人の女を不審げに見つめた。

「あっしは上州無宿の新九郎。このお二人は……、いや、お前さん方、そろそろ消え時でやしょう」

新九郎が三人を見下ろして言うと、すでに逃げ腰になっている三人は、落とした得物を拾うと、やっとの思いで鞘に納め、助け合いながら真鶴の方へ這々《ほうほう》の体《てい》で立ち去っていった。

三人とも、利《き》き腕の要《かなめ》を斬られたり肩を折られたりしているので、もう懲《こ》りて城へは戻らず逐電《ちくでん》することだろう。

連中が見えなくなると、綾香が口を開いた。

「私たちは駿州中田藩のものです。こちらは小夜姫様、私は付き人の綾香と申します」

「何、中田藩の姫……」

真夏が目を見開いて言った。

「はい、お家騒動を逃れ二人で江戸へ向かう途中、新九郎殿に何度もお助け頂きました」

「では、あの浪人どもは」

「姫様を連れ戻そうと、家老に雇われた者たちです」

「左様ですか。ならば当藩の中屋敷へご案内致しましょう。旅籠《はたご》では、また追っ手があるといけません」

真夏が言った。さすがに一国の姫君と聞いて、態度も言葉遣いもあらたまっていた。

「渡世人、新九郎と申したか。姫を乗せて馬を引け」

「承知いたしやした」

小気味よいほど歯切れ良く言われて、新九郎は小夜に手を貸し、馬に乗せて手《た》綱《づな》を握《にぎ》った。着物で跨《また》ぐわけにいかず横座りだが、従順な馬で新九郎が注意していれば大丈夫だろう。

あとで聞くと真夏は中屋敷の警護を任されており、たまにこうして海の方まで遠乗りに来るようだった。

真夏が先頭を歩き、綾香と馬を引く新九郎が従った。

すると彼方に白亜《はくあ》三層の城が見えてきた。これが小田浜《おだはま》藩七万石の喜多岡家である。

しかし真夏は城ではなく、御幸《みゆき》の浜《はま》という海岸沿いにある中屋敷に一行を招き入れた。そして小夜と綾香を座敷で休息させ、その間に小者を城へ走らせて指示を仰《あお》いだようである。

「新九郎、武士でないものを屋敷に上げるわけにいかぬ。馬小屋で良かろう」

「ええ、構いやせん」

真夏に言われ、新九郎は馬小屋に馬を入れて手綱を結び、片隅にある休息用の小屋に入って荷を解いた。

すっかり日が傾《かたむ》き、西空が真っ赤に染まっていた。

女中たちが湯殿の準備をし、厨《くりや》では夕餉の仕度《したく》も調《ととの》いつつあるようだ。

中屋敷は、城に大事があったときの避難所や、あるいは療養所などにも使用される。二階もある実に広い建物で、どうやら城の重要な誰かが滞在しているようだった。

小屋は三畳の畳敷きで、新九郎は草鞋《わらじ》を脱《ぬ》いで上がり、笠と合羽、振り分け荷物に刀を隅に置いた。御者が使用するようで、片隅には布団《ふとん》もある。

と、そこへ真夏が手燭《てしょく》を持って来て、室内の蠟燭《ろうそく》に火を入れてくれた。

「飯はいま少し待て。厠《かわや》はその隅にある。身体《からだ》を拭《ふ》くなら井戸端だ」

「お前の刀が見たい。長脇差《ながどす》は鈍刀《なまくらがたな》と聞いているが、お前は浪人の手首に見事に斬りつけていた」

「どうぞ」

隠すわけにもいかないので、新九郎は刀を差し出した。

真夏は上がり框《かまち》に腰掛け、スラリと抜刀して刀身を見た。

「大した業物《わざもの》だが、なぜこのようなものを……」

彼女は、一目で名刀と見抜いたようだ。そして鎺《はばき》に彫られた小さな桔梗紋《ききようもん》を見つけた。

「この紋は」

「あっしは存じやせん。上州で剣の師から譲《ゆず》り受けやした」

「お前、まさか武士……?」

顔を覗《のぞ》き込んで言う真夏の熱い息が、ほんのり甘い刺激を含んで新九郎の鼻腔《びこう》をくすぐった。

「滅相《めっそう》も。ただの無宿人で」

「いや、お前の剣さばきは只者《ただもの》ではなかった。立ち合いたいが、もう暗いか」

「有難《ありがと》う存じやす」

真夏は外を見回して言い、刀を鞘に納めて返してきた。

「あの二人と同行しているのは、偶然か。何か魂胆《こんたん》が」

「いえ、行きがかり上、追っ手からお救いし、ともに江戸へ向かうのなら是非にも一緒にと」

「そうか、分かった。明日話そう。妙な真似《まね》をしたら容赦《ようしゃ》せぬぞ」

「何もしやせんので」

まだ真夏は新九郎への警戒を解かず、やがて小屋を出て行った。

二

「空膳《からぜん》を下げに参りました」

と、新九郎の小屋を女が訪ねてきた。すでに彼は井戸端で身体を洗い、着替えと夕餉を済ませていた。

入ってきたのは、三十半ばほどの見目麗《うるわ》しい美女で、女中や腰元とは雰囲気が違っていた。

「私は美津《みつ》。当家から前林家へ嫁した佐枝《さえ》様の姪《めい》です」

「え……」

言われて、思わず新九郎は反応してしまった。

佐枝は、新九郎こと前林新吾《しんご》の実母である。そういえば、どことなく似通った顔立ちである。とはいうものの、新九郎は江戸屋敷で、実母の佐枝とはほんの僅《わず》かな逢瀬《おうせ》でしかなかったが。

「真夏殿が、あの渡世人は桔梗の紋のある差し料を持っていたなどと言っていたので、もしやと思い来てみました。もっとよくお顔を」

美津が顔を寄せてきた。

そして彼女は目を見開き、そっと新九郎の頰《ほお》に触れてきた。

「ああ、高明《たかあき》殿に瓜《うり》二つ。やはりあなたは……」

美津は嘆息《たんそく》し、白粉《おしろい》に似た甘い匂《にお》いの息を震わせた。

彼女も前林藩の江戸屋敷にいる佐枝を訪ねたことがあり、藩主高明の顔は良く知っているようだった。

「い、いいえ、あっしはただの渡世人で……」

「佐枝様から聞いておりよす。あるいは新吾様が東海道を行くおり喜多岡家に立ち寄るようなことがあればよろしくと」

美津が言う。

初音は約束を守って彼の素性は言わなかったようだが、江戸屋敷からの報《しら》せで彼が渡世人でないということは、とうに知られていたようである。

「このような小屋へ泊まらせるわけに参りません。どうか中へ」

「どうか勘弁《かんべん》しておくんなさい。お屋敷に無用な混乱を起こしとうござんせんので、このままで」

「左様ですか……、それにしてもご苦労なさった様子……」

美津は、なおも新九郎の頬を撫《な》で、甘ったるい匂いを漂《ただよ》わせた。

彼も、同族の血が流れているとはいえ、艶《なま》めかしく熟《う》れた美津にムラムラと欲情してきてしまったが、もちろん期待しても無駄であろう。

と、その時である。

「う……」

いきなり美津が胸を押さえて呻いたのである。

「どうなさいやした」

「乳が張って辛《つら》いのですが、すぐ治まりますので……」

美津が言い、屈《かが》み込みながら胸元を寛《くつろ》げた。

あとで聞くと、美津は出産したものの子は流れ、それでも乳が溢《あふ》れて仕方がなく、それで城ではなく療養に適した中屋敷に来ていたようだった。

夫は藩の重役で城から出られず、すでに長子も城内で育っているらしい。

「お嫌でなければあっしが吸い出しやしょう」

新九郎は言い、苦悶《くもん》している美津を布団に横たえて胸元に迫った。

彼女は胸の中に乳漏《も》れ用の手拭《てぬぐ》いを当てていたが、それを取り去ると濃く色づいた乳首からはポツンと白濁《はくだく》の雫《しずく》が浮かんでいた。

さっきから感じていた甘ったるい匂いは、乳汁のものだったのだろう。

美津も嫌がるどころか、顔を寄せた彼を胸元に抱きすくめてくれた。

チュッと吸い付き、豊かな膨《ふく》らみに顔中を押し当てると、さらに甘ったるい体臭が濃厚に鼻腔を刺激してきた。

雫を舐《な》め、さらに強く吸いながら唇で乳首の芯《しん》を挟《はさ》み付けると、ようやく生ぬるく薄甘い乳汁が滲《にじ》み出て舌を濡《ぬ》らしてきた。

「アア……」

美津が熱く喘《あえ》ぎ、彼の顔を横抱きにしながら、もう片方の手で自《みずか》ら膨らみを揉《も》みしだいて分泌《ぶんぴつ》を促《うなが》した。

いったん要領を得ると続けざまに吸い出すことが出来、新九郎は舐め取るというより飲み込めるほどになった。やがて充分に吸うと、心なしか乳房の張りが和《やわ》らいだように感じられた。

「ああ、飲んでいるのですか。吐《は》き出して構いませんのに……」

美津が声を震わせて言ったが、新九郎は激しい興奮の中で喉を潤《うるお》していた。

実母の乳を知らない彼にとって、こうして佐枝に似た親族の美女の乳汁を飲むのはこの上ない悦《よろこ》びであった。それは、安らぎと興奮が入り混じった、何とも複雑な気分である。

「どうか、こちらも……」

美津はすっかり息を弾《はず》ませて胸を動かし、もう片方の乳首も彼の口に含ませてきた。

新九郎はそちらも吸い、すっかり胸の奥まで甘ったるい匂いに包まれた。

彼女もだいぶ楽になったようだが熱い喘ぎは止まらず、むしろ別の欲求が湧《わ》いてきたようだった。

もちろん新九郎も激しく勃起し、熟れた女の体臭に包まれながら後戻りできないほど淫気《いんき》が高まってしまった。

そして、美津も同じ気持ちのようだった。

「お、お願い……、最後までして下さいませ。誰にも内緒で……」

美津が、うねうねと悶《もだ》えながら囁《ささや》いた。

「お部屋へ戻らなくて怪しまれやせんか」

「大丈夫。夕餉のあとはすぐ寝るため、朝まで誰も離れには来ませんので」

どうやら美津は離れで療養し、こっそり抜け出してきたらしい。そして警護の真夏も、朝までは彼女の部屋に行かないのだろう。

身を起こした美津は、言葉が終わらないうちにも帯を解き、完全に着物を脱ぎ去ってから再び横たわった。

やはり孕《はら》んでからは夫との情交も疎《うと》くなり、療養に入ってからはなおさら忙しい夫と離れ、回復と同時に淫気も甦らせていたのだろう。

新九郎も夢中で全て脱ぎ去り、全裸になるとあらためて美津の熟れ肌にのしかかって愛撫《あいぶ》した。

左右の乳首を舐めてから腋《わき》の下に鼻を埋《うず》め、色っぽい腋毛に籠《こ》もった甘ったるい汗の匂いを貪《むさぼ》り、さらに白く滑《なめ》らかな肌を舐め降りていった。

しかし湯上がりらしく足指はさして匂わず、彼はすぐ股間に顔を寄せた。

「あう、何を……」

「どうか、少しだけ好きにさせて下さいやし」

驚いたように言う美津に答え、新九郎はムッチリと量感ある内腿《うちもも》を舐め上げ、熱気と湿り気の籠もる陰戸《ほと》に迫っていった。

股間の丘には黒々と艶《つや》のある恥毛が情熱的に濃く茂《しげ》り、割れ目からはみ出す陰唇はネットリとした熱い蜜汁にまみれていた。

もう堪《たま》らずに顔を埋めたが、やはり湯上がりのため汗とゆばりの匂いは薄く物足りないほどだった。

それでも舌を挿し入れると淡《あわ》い酸味のヌメリが迎え、さらに美津は驚いたようだった。

「そ、そのようなこと……!」

美津が腰をくねらせて言ったが、新九郎がオサネを舐めると、

「アアッ……!」

激しく喘ぎ、顔を仰《の》け反《ぞ》らせて内腿で彼の顔を挟み付けた。もちろん初めての経験であろう。それにしても小夜といい美津といい、今回の旅は藩主の血筋と深い仲になるようだった。

さらに彼は美津の両脚を浮かせ、白く豊満な尻の谷間にも鼻を埋めた。桃色の蕾《つぼみ》は出産で息んだ名残《なごり》か、僅かに突き出た感じが艶めかしく、それでも淡い汗の匂いしか感じられなかった。

舌を這《は》わせて襞《ひだ》を濡らし、ヌルッと潜《もぐ》り込ませて粘膜を探ると、

「く……、い、いけません……」

美津が呻き、キュッと肛門で舌先を締め付けてきた。

新九郎は執拗《しつよう》に内部で舌を蠢《うごめ》かせてから、再び淫水の溢れている陰戸に戻ってヌメリをすすった。

「も、もう堪忍《かんにん》……、どうか、早く……」

美津は交接を求めて悶えた。

彼も身を起こし、股間から離れて一物を美津の鼻先に突きつけた。

「どうか、少しだけでもお口で……」

新九郎は美津の胸に跨がり、柔らかな谷間に肉棒を挟みながら先端を進めた。

美津も驚いたようだが、自分も舐められて心地よかったし、元より誰にも内緒でと自分から言ったのだから、ためらいつつも顔を上げて先端にしゃぶり付いてくれた。

「ああ……」

新九郎は快感に喘ぎ、さらに喉の奥まで挿し入れた。

熱い鼻息が恥毛をくすぐり、美津の口の中は温かく濡れ、恐る恐る舌がからみついてきた。

「ンン……」

微かに眉をひそめて呻き、美津はチュッと強く吸い付いてくれ、やがて苦しげに口を離した。

新九郎は股間に戻り、大股《おおまた》開きにさせた美津の股間に一物を進め、先端を膣口に押し込んでいった。たちまち勃起した肉棒が、ヌルヌルッと滑らかに根元まで嵌《は》まり込んだ。

「あう……!」

美津が深々と貫《つらぬ》かれて呻き、身を弓なりにさせて硬直した。武家同士の淡泊《たんぱく》な交接と違い、充分に舐めたあとだから快感も倍加しているだろう。

新九郎は股間を密着させ、温もりを味わいながら身を重ねていった。

美津も下から両手でしがみつき、若い一物を味わうようにキュッキュッと締め付けてきた。

彼女が待ちきれないようにズンズンと股間を突き上げると、新九郎も合わせて腰を遣った。大量の潤いで律動が滑らかになり、クチュクチュと淫《みだ》らに湿った摩《ま》擦《さっ》音が響いた。

唇を重ねて舌をからめると、美津も舌を蠢かせ、彼は美女の甘い唾液と吐息にうっとりと酔いしれながら高まった。

「い、いく……！」

先に美津が口を離して仰け反り、口走りながらガクガクと腰を跳ね上げて痙攣《けいれん》した。あるいは、こうして気を遣るのははじめてかも知れない。

新九郎も膣内の収縮に巻き込まれ、続いて絶頂を迎え、大きな快感の中で勢いよく射精した。

「アアッ……！」

噴出を感じた美津が、駄目《だめ》押《お》しの快感を得たように喘ぎ、さらにキュッときつく締め付けてきた。

彼は股間をぶつけるように動きながら美女の熱く甘い息を嗅《か》ぎ、心ゆくまで快感を味わい、最後の一滴まで出し尽《つ》くしていった。

いつしか美津は失神したようにグッタリとなり、彼も動きを止めていった。

締まる膣内でヒクヒクと幹を震わせ、新九郎は美津の喘ぐ口に鼻を押しつけ、白粉のような甘い刺激を含んだ吐息で鼻腔を満たしながら、うっとりと快感の余《よ》韻《いん》を嚙《か》み締めたのだった……。

三

「新九郎様、私たちはお城に呼ばれております。どうか戻るまで、決して先に行かないで下さいましね」

小夜が懇願するように言い、綾香とともに、城から迎えに来た乗り物で中屋敷を出て行った。

新九郎は、小屋で朝餉を済ませたところだった。どうやら昨夕のうちに城へ使いを出し、小夜の扱いについて伺いを立てていたのだろう。

あとは喜多岡家に任せ、先に行くことも出来るのだが、小夜も綾香も新九郎との江戸行きを心から願っているようなので、今しばらく滞在することにした。

と、そこへ真夏が小屋に入ってきた。手には稽古《けいこ》用の、一振りの袋竹刀《ふくろしない》を持っている。

「立ち合いを所望」

真夏が決意に濃い眉を引き締めて言った。もしも昨夜、彼女が警護している美津が、新九郎と情交したなどと知ったら、彼女は一体どんな顔をすることであろうか。

「お断り致しやす。剣術指南役に無宿人が敵《かな》うはずありやせんから」

「いいや、是非にも立ち合ってもらう」

新九郎は座ったまま言ったが、真夏は燃えるような迫力で迫った。恐らく城では毎日若侍たちと稽古に明け暮れていたものの、中屋敷に来てからは相手もおらず欲求が溜《た》まっているのだろう。

今も彼女は刺し子の稽古着と袴《はかま》姿で、朝から一人で素振りをしていたらしく、額《ひたい》が汗ばんで甘ったるい匂いを漂わせていた。

「どうにも気が進まないんで、勘弁しておくんなさい」

「ならば、戦う気にさせてやろう」

真夏は上がり込み、座っている新九郎の肩を蹴《け》って仰向《あおむ》けにさせた。そして逞《たくま》しい足裏で彼の顔を踏《ふ》みつけてきたのである。

驚いたが、これは新九郎の願ってもいない展開であった。

「どうだ。女に辱《はずかし》めを受けるくらいなら、戦った方がましであろう」

「いえ、どうぞお好きに」

「ならば舐めろ」

真夏は、足裏を彼の口に押し付けてきた。

むろん嫌ではなく、新九郎も舌を這わせ、汗と脂《あぶら》に湿った指の股《また》の濃厚に蒸れた匂いに噎《む》せ返りながら勃起してきた。

「ああ、くすぐったくて気持ち良い……」

真夏は爪先《つまさき》まで彼の口に押し込んで喘ぎ、新九郎も全ての指の股を舐めた。

彼女は足を交代させ、そちらも隅々までしゃぶらせたが、やはり淫気を催《もよお》したようだった。

いきなり袴の紐《ひも》を解いて脱ぎ去ると、下半身を露《あら》わにさせ、新九郎の顔にしゃがみ込んできたのだ。

「好きにしろと言ったのはお前だ。ならばここも舐めろ」

真夏は羞恥《しゅうち》と緊張に息を詰《つ》め、それでも行動はためらいなく陰戸を迫らせた。

意外に恥毛は楚々《そそ》として薄く、はみ出した花びらは綺麗な桃色をして、蜜汁が溢れはじめていた。

オサネは実に大きめで、包皮を押し上げるように勃起し、親指の先ほどもあって光沢を放っていた。

だが、あるいはまだ生娘《きむすめ》なのだろう。大柄に生まれついて剣の腕に秀で、嫁の貰《もら》い手がないということで剣一筋に生きてきたに違いない。

陰戸が押し付けられると、新九郎は舌を挿《さ》し入れて味わった。

鼻に擦《こす》られる恥毛には、生ぬるく濃厚な汗とゆばりの匂いが沁《し》み付き、ヌメリは淡い酸味を含んで舌の動きを滑らかにさせた。

大きなオサネを舐めると、真夏の肌がビクリと硬直した。

「そこ、もっと……」

うっとりと目を閉じ、息を弾ませて言った。

新九郎も執拗に舐め回し、吸い付いては溢れる淫水をすすった。

「ここもだ……」

さらに彼女は僅かに前進し、自ら指で尻の谷間を広げて押し付けてきた。

やはり蕾は年中過酷な稽古で息んでいるせいか、枇杷《びわ》の先のように突き出て艶めかしく、鼻を埋めて嗅ぐと生々しい匂いが鼻腔を刺激してきた。

彼はチロチロと舐め、ヌルッと舌を潜り込ませて粘膜を味わった。

「あう……、変な感じ……」

真夏は新鮮で妖《あや》しい感覚に呻きながら、モグモグと肛門で舌先を締め付け、新たな蜜汁を溢れさせた。

そして再び陰戸に戻ってオサネを吸わせながら、彼女は稽古着まで脱ぎ去って汗ばんだ肢体《したい》を露わにさせた。

「新九郎、交接を試したい。私の初物だ。そうしたら立ち合ってくれるか」

真夏が意を決したように、燃える眼差《まなざ》しで彼を見下ろして言った。

「そ、そんな大切なものを頂けるのでやしたら、何でもお望み通りに……」

「よし、決まった」

新九郎が答えると、真夏は彼の裾《すそ》をめくってためらいなく下帯を取り去った。

すでに激しく勃起している肉棒が締め付けから解放され、弾かれるようにぶるんと屹立《きつりつ》した。

「こんなに勃って……、お前まさか私に淫気を……」

真夏が、熱い視線を肉棒に釘付《くぎづ》けにさせて言った。もちろん二十代半ばとなれば、男女の仕組みぐらい知識があるのだろう。

「そ、それは美しい真夏様の陰戸を舐めれば、男は誰でもこのように勃ちやす」

「私が美しいだと？　要らぬ世辞を」

彼女は満更《まんざら》でもないように言ったが、何よりの証拠に一物は激しく勃起しているのだ。そして屈み込み、唇をすぼめてタラリと唾液を吐き出し、指の腹で亀頭に塗り付けた。

やがて跨がると、先端を陰戸に受け入れ、ヌルヌルッと一気に座り込んできたのだ。

「あう……！」

真夏が根元まで納めて股間を密着させると、熱く呻いて顔を上向けた。

そして感触を噛み締めるようにキュッと締め付け、身を重ねてきたのだ。

「い、痛くありやせんか……」

「何の、張り形に比べればお前のものなど柔らかすぎる」

気遣って囁くと、真夏が答えた。どうやら生娘とはいえ、張り形でこっそり交接の稽古と自慰をしていたようだ。それなら破瓜《はか》の痛みより、生身の一物を入れた快感の方が大きいだろう。

「乳を吸え……」

覆《おお》いかぶさった真夏が言い、可憐《かれん》な薄桃色の乳首を彼に含ませてきた。

新九郎も吸い付いて舐め回し、甘ったるい濃厚な体臭に包まれながら膣内でヒクヒクと幹を震わせた。

「あうう、動いている……」

真夏が呻き、さらに締め付けと潤いを増してきた。

さすがに肩と二の腕が逞しく、乳房はそれほど豊かではないが感度が良く、舌で転がすたびに引き締まった肌がビクリと反応した。

両の乳首を充分に吸い、さらに腋の下にも鼻を埋めると、真夏は素直に差し出してくれた。腋毛の感触を味わいながら、濃い汗の匂いで鼻腔を満たして舌を這わせた。

すると真夏が、しゃくり上げるように腰を動かしはじめ、コリコリする恥骨の膨らみまで痛いほど擦りつけてきた。

新九郎も徐々に股間を突き上げ、ヌメリと摩擦の中で高まっていった。

「アア……、気持ちいい……」

真夏が顔を寄せて喘ぎ、彼も湿り気ある息を嗅いで興奮を高めた。彼女の息は白粉のように甘い刺激を含み、火のように熱く鼻腔まで沁み込んできた。

やがて動きが速まると、真夏は我慢できなくなったように唇を重ねてきた。

「ンンッ……！」

熱く呻き、頑丈そうな歯の間から長い舌を伸ばして彼の口の中を舐め回してきた。注《そそ》がれる唾液で喉を潤し、新九郎もネットリとからめながら股間を突き上げ続けた。

「い、いく……、気持ちいい、アアッ……！」

たちまち真夏が口を離して声を上ずらせると、そのままガクンガクンと狂《くる》おしい痙攣を開始して気を遣ってしまった。

続いて新九郎も、大柄な美女に組み伏せられながら昇り詰め、ありったけの熱い精汁をドクドクと内部にほとばしらせた。

「あう、熱い、もっと……」

噴出を感じた彼女が口走り、やがて彼が出し尽くすと、すっかり満足したように硬直を解き、グッタリともたれかかってきたのだった。

四

「さあ、約束だ。立ち合ってもらう」

身繕《みづくろ》いを終えた真夏が言い、新九郎も小屋を出て得物を手にした。

袋竹刀は、ササラになった竹を布や革で包んだ稽古用の得物だから、強く打撃しても骨まで折れるようなことはない。

庭で対峙《たいじ》したが、情交を終えたばかりなので、真夏の眼差しは挑《いど》むようなものから、どこか慈《いつく》しみが宿ってきたように思えたものだ。

それでも互いに青眼《せいがん》に構えると、たちまち真夏は闘志を湧き上がらせ、じりじりと間合いを詰めてきた。

「ヤッ……！」

自分の間合いに入ると、彼女はいきなり気合いを発して飛び込み面を仕掛けてきた。

それを躱《かわ》し、新九郎も面打ち。真夏も避《さ》けて二段打ち。

しかし双方の腕は互角のようで、なかなか決着が付かなかった。やがて苛立《いらだ》った真夏が彼の腹を蹴り、大上段に振りかぶった。

新九郎は片膝を突いて彼女の右脇腹《わきばら》に打ち込み、同時に面を避けると彼女の物打ちが左肩に炸裂《さくれつ》していた。

「く、相討ち、いや、お前の方が僅かに速かったか……」

真夏が脇腹を押さえて言い、新九郎も肩を擦りながら身を起こした。

と、そこへ離れから美津が飛び出してきたのだ。

「ま、真夏殿、この方をどなたとお思いです……！」

美津の剣幕に、真夏が呆然《ぼうぜん》とした。

「新吾様、大事ありませんか……」

美津が新九郎の肩に触れ、心配そうに言った。

「新吾？　これは新九郎と申したが……」

「このお方は、前林新吾様。当藩から嫁した佐枝様のご子息です」

「な……！」

言われて、真夏が目を見開いて硬直した。美津も、真実を告げるべきだろうと話してしまったのだ。

「そ、そんな莫迦《ばか》な……」

「本当です。現藩主である高明様の、双子の弟君にあらせられます」

「で、では桔梗紋は前林家の……」

真夏も思い当たったように言い、ガラリと得物を落として立ちすくんだ。

「いえ、どうかお気になさいやせんように。今は渡世人ですので」

新九郎は言ったが、真夏はフラフラと屋敷に入り、そのまま自分の部屋に閉じこもってしまった。

「自害でもされかねませんね」

「あっしが見ておりやす。ご心配ないように」

美津に言い、新九郎は得物を片付けて屋敷に上がり込んだ。そして離れに近い真夏の部屋に入ると、彼女は泣きもせずただ座ってうなだれていた。

「大丈夫ですかい。勝手に入らせてもらいやす」

新九郎は声をかけ、彼女の傍《かたわ》らに座った。

「わ、私は、何という無礼を……」

真夏が小さく言った。前林家十万石は、喜多岡家よりも格上である。

「そんな、お気になさることありやせん。今のあっしは前林家とは何の関わりもないのですから」

「でも、私はお顔を踏んだり大変なことばかり……」

「どうせ舐める場所ですからね、同じことです」

新九郎は言って、宥《なだ》めるように真夏の肩を抱き、唇を求めた。

「な、何を……」

「もう一度すればすっきりいたしやしょう。好いた同士ということで」

「う……」

強引に唇を奪い、彼は舌を挿し入れながら再び稽古着を脱がせていった。

舌をからめると、真夏も徐々に蠢かせ、息を弾ませはじめた。勝負のあとの緊張により、吐息はさっきよりやや匂いを濃くして艶めかしかった。

やがて唇を離すと、彼は部屋の隅に畳《たた》まれていた布団を敷き延《の》べ、真夏の袴も脱がせて全裸で横たえた。

新九郎も手早く全裸になってしまい、あらためて彼女の爪先を念入りにしゃぶってやった。

「あうう……、い、いけません……」

「どうかじっとして、あっしの好きなように」

彼は言い、両足とも全ての指の股を舐めてから脚の内側を舌でたどり、股間に迫っていった。

さっきは慌ただしかったが、あらためて見るとやはり長い脚も頑丈で逞しく、太腿も筋肉に引き締まっていた。新九郎は先に彼女の脚を浮かせ、尻の谷間を舐め回してから、陰戸に顔を埋め込んだ。

「アア……、ど、どうか……」

真夏は戸惑《とまど》いながら声を震わせ、逆に離さぬかのように内腿でキュッときつく彼の顔を締め付けてきた。

新九郎はもがく腰を抱え込んで押さえ、さっきより念入りにオサネを舐め、乳首のように吸い付き、たまに軽く歯で挟んで刺激してやった。

張り形を使っていただけあり、恐らく手すさびも激しいものだったのだろう。だから、触れるか触れないかという微妙な愛撫より、強いぐらいの刺激の方が好みのようだった。

「あう……、も、もっと強く……」

思った通り真夏が声を上ずらせてせがみ、ヌラヌラと大量の蜜汁を溢れさせてきた。

彼はヌメリをすすりながら執拗にオサネを責め、指も潜り込ませて内壁を摩擦した。さっきは懐紙で拭っただけなので、まだ中には精汁も残り、すぐにも指は滑らかに動きはじめた。

さらに指の腹で、膣内の天井を強く圧迫すると、

「き、気持ちいい、いきそう……」

真夏もすっかり夢中になり、粗相《そそう》したように大量の淫水を噴出させて腰をよじった。

「も、もう堪忍……」

彼女が絶頂を迫らせたように腰を撥《は》ね上げて懇願したので、ようやく新九郎も股間から身を離し、添い寝した。

「さあ、今度は真夏様があっしを可愛《かわい》がって下さい」

顔を抱き寄せて言うと、真夏も鼻先にあった彼の乳首にチュッと吸い付き、熱い息で肌をくすぐりながら舌を這わせてきた。

「ああ……、どうか、歯で……」

感じながら言うと、真夏も頑丈な歯並びでキュッと彼の乳首を噛んでくれた。

「あう、もっと強く……」

甘美な刺激に身悶えて言うと、真夏も本格的にのしかかり、左右の乳首を舌と歯で愛撫してくれた。

そして顔を股間へ押しやると、彼女も素直に肌を舐め降りて移動した。

「一物だけは、噛むのは勘弁しておくんなさい……」

すでに屹立している幹を震わせて言うと、真夏も肉棒に顔を寄せてきた。

大股開きになると彼女も真ん中に腹這い、束ねた髪が肩からサラリと流れて内腿をくすぐった。

すると何と、真夏は自分がされたように、まず彼の両脚を浮かせ、尻の谷間から舐めはじめてくれたのである。熱い息が股間に籠もり、舌先がチロチロと肛門をくすぐり、ヌルッと潜り込んだ。

五

「く……、気持ちいい……」

新九郎は妖しい快感に呻き、美女の舌先をキュッと肛門で締め付けた。

真夏は厭《いと》わず中で舌を蠢かせ、熱い鼻息でふぐりをくすぐった。

舌が蠢くたび、内側から刺激されるように一物が上下に震え、鈴口から粘液が滲み出た。

脚を下ろすと真夏はふぐりを舐め回し、二つの睾丸を転がして、生温かな唾液で袋をまみれさせてから、自分の初物を捧げた肉棒に迫った。

さっきは唾液を垂らしただけだったが、今度は念入りに舌を這わせてきた。

裏側を舐め上げ、先端まで来ると滲む粘液を味わい、張りつめた亀頭をしゃぶり、モグモグとたぐるように喉の奥まで呑み込んでいった。

「アア……」

新九郎は快感に喘ぎ、生娘でなくなったばかりの女丈夫の口の中でヒクヒクと幹を震わせた。

「ンン……」

真夏も小さく呻きながら、上気した頰をすぼめて吸い付き、口の中ではクチュクチュと激しく舌をからめて一物を唾液に濡らした。

「も、もう……」

小刻《こきざ》みに股間を突き上げていた新九郎だったが、あまりの摩擦快感に高まり、降参するように腰をよじった。

すると彼女もスポンと口を離し、添い寝してきた。

「どうか、上から入れて下さいませ……」

もう彼を跨ぐわけにいかず、真夏が息を弾ませて囁いた。

新九郎も身を起こし、仰向けにさせた彼女を大股開きにさせ、股間を進めていった。

さっきしたばかりだが、稽古を挟んですっかり淫気も回復していた。そして真夏にとっても、初回と二度目の間には驚天動地の出来事があり、緊張と期待に肌を震わせていた。

淫水の溢れる陰戸に、唾液にまみれた先端を押し付けると、彼は位置を定めてゆっくり挿入していった。

膣口が丸く押し広がり、ヌルヌルッと滑らかに肉棒が潜り込んでいくと、

「アアッ……！」

真夏がビクッと身を弓なりに反らせ、熱く喘ぎながら受け入れていった。

新九郎も心地よい肉襞の摩擦と温もり、きつい締め付けに包まれて股間を密着させ、身を重ねていった。

まだ動かず、屈み込んで乳首を吸い、左右とも充分に舐め回してから、さっきより匂いが濃くなっている腋の下にも鼻を埋め込み、濃厚に甘ったるい汗の匂いに噎せ返った。

「ああ……、し、新吾様……」

真夏が、下から両手を回してしがみつきながら喘いだ。

「止《よ》しておくんなさい。さっきと同じように、どうか新九郎と」

「そ、そんな……」

言うと真夏が答え、さらにきつくキュッと締め付けてきた。

そして首筋を舐め上げると、彼女は感じるように顔を仰け反らせて喘いだ。

遠慮なくのしかかると胸の下で張りのある乳房が押し潰れて弾み、汗ばんだ肌の前面が吸い付き合った。

新九郎は、コリコリする恥骨の膨らみを感じながら、徐々に腰を突き動かしはじめていった。

「アア……、お、奥まで感じます……」

真夏が喘ぎ、締め付けと収縮を強くさせた。

何しろ張り形で稽古していたから初回から気を遣り、今も彼への畏《おそ》れ多さなど吹き飛び、快楽だけが心身を満たしはじめたようだった。

潤いはさっき以上に大洪水になって律動が滑らかになり、ピチャクチャと卑猥《ひわい》な摩擦音も聞こえてきた。

新九郎は快感に任せ、次第に勢いを付けて動きながら、真夏の熱く喘ぐ口に鼻を押し込み、湿り気ある濃厚な息の匂いに酔いしれ、ジワジワと絶頂を迫らせていった。

そのまま唇を重ねて舌を挿し入れると、彼女も目を閉じてチュッと吸い付き、激しくからみつかせてきた。

生温かな唾液のヌメリと舌の蠢きを味わい、熱い息を混じらせて動き続けると真夏も股間を小刻みに突き上げて動きを合わせた。

「い、いく……」

と、すっかり高まった真夏が口を離して言い、収縮を活発にさせた。

新九郎も昇り詰め、大きな快感とともにありったけの熱い精汁をドクドクと内部にほとばしらせてしまった。

「き、気持ちいいッ……、ああーッ……！」

噴出を感じた真夏も、声を上ずらせて激しく気を遣った。腰をガクガク撥ね上げるたびに、新九郎の身体も暴れ馬に乗ったように上下した。

新九郎は快感に身悶えながら、最後の一滴まで出し尽くし、満足しながら動きを弱めていった。

「アア……、溶けてしまいそう……」

真夏も満足げに声を洩らし、全身の強《こわ》ばりを解いてグッタリと四肢を投げ出していった。

これほど感じれば、もう新九郎の素性を知った衝撃も薄れ、まして自害などということは考えないだろう。

真夏は放心状態になったが、膣内はまだ息づくような収縮を繰り返し、刺激されるたびに過敏になった幹がピクンと中で跳ね上がった。そして新九郎は熱く甘い息を嗅ぎながら、うっとりと余韻を味わったのだった。

そろそろと身を起こそうとすると、

「どうか、まだ離れないで下さいませ……」

真夏が、また両手を回して言った。

「重いでやしょう」

「重いから嬉《うれ》しいのです。まさか、こういう方が最初の男になるとは……」

真夏が言い、荒い息遣いを繰り返した。

それでも満足して萎《な》えかけた一物がヌメリに押し出されると、ようやく新九郎も彼女の上から離れてゴロリと添い寝した。

「私も、江戸まで一緒に行きたい。構いませんか……」

並んで寝ながら、真夏が呼吸を整えて言った。

「さあ、それはあっしではなく、お家が決めることでござんしょう」

新九郎は答え、懐紙を探そうとすると、先に真夏が手にして陰戸を拭《ふ》き、半身を起こして彼の股間に屈み込んできた。

「これが、精汁の匂い……」

彼女は言って雫を宿した先端を嗅ぎ、そのまま亀頭をクチュッと含んで舌で清めてくれた。

吸い付きながら精汁と淫水のヌメリを舐め取るうち、柔らかかった一物がまた反応し、真夏の口の中でムクムクと大きくなっていった。

「またこんなに勃って……」

「それは、刺激されればすぐこうなりやす……」

「でも、私はもう充分。もしも精汁を放つのなら、どうか私のお口に」

真夏が艶めかしい眼差しで彼に言い、再びしゃぶり付いてきた。

男装をして男言葉を使い、剣術一辺倒だった女丈夫が、何やら初めて男を知って恋をし、急に女らしくなってきたようだ。

新九郎も、愛撫に身を任せて回復し、そのまま真夏の下半身を引き寄せ、顔に跨がらせた。

「そ、そんな……」

なってくれた。

「構いやせん。どうか跨いで陰戸を顔に」

言いながら導くと、真夏も興奮に任せ、肌を震わせながら女上位の二《ふた》つ巴《どもえ》になってくれた。

新九郎は下から逞しい腰を抱き、すっかり快感に目覚めている陰戸を見上げながら、真夏の口の中で絶頂を迫らせていった。

彼女も根元まで呑み込んで舌を蠢かせ、鼻息でふぐりをくすぐりながら顔を上下させてスポスポと摩擦してくれた。

彼も股間を突き上げて刺激を強めると、あっという間に昇り詰めてしまい、快感とともに勢いよく射精してしまった。

「ク……、ンン……」

喉の奥を直撃され、真夏が小さく声を洩《も》らした。それでも吸引と舌の蠢きは続行し、最後の一滴まで心地よく吸い出してくれた。

「ああ……」

新九郎は快感に喘ぎ、幹を震わせながら続けざまの射精を終えたのだった。

噴出が止《や》むと真夏も吸引を止め、口に溜まった精汁をゴクリと一息に飲み干すと、ようやくチュパッと口を引き離した。

そして幹をしごき、鈴口から滲む余りの雫まで丁寧《ていねい》に舐め取ってくれた。

「も、もう、どうか……」

新九郎は過敏に幹を震わせ、降参するように腰をよじって言った。

「男の精で、もっと強くなれそうです……」

真夏は顔を上げると、艶めかしくチロリと舌なめずりしながら彼を振り返って言った。

第四章　夜毎《よごと》の快楽に震える肌

一

「あの暴れ馬を手なずけたのですね。大したものです」

夜半、新九郎の与えられた座敷に寝巻姿の美津が来て言った。

小夜と綾香は城に一泊するようで、新九郎も今宵《こよい》はちゃんと風呂を使わせてもらい、夕餉《ゆうげ》も座敷で済ませたのだった。

明朝には小夜と綾香も戻ってきて、一緒に出立することになるだろう。

「見ていやしたか。真夏様との情交を」

「いいえ、真夏殿の声が大きかったものですから」

言うと美津は、すっかり淫気《いんき》を湧《わ》かせたように熱っぽい眼差《まなざ》しで答え、彼ににじり寄ってきた。

もちろん午後は休息していたので、新九郎の淫気も膨《ふく》れ上がっていた。

真夏は、昼間の二回の情交ですっかり胸がいっぱいになっていることだろう。いや、藩主の血筋である美津の警護だから、あるいは美津が彼の部屋に来たことを知り、嫉妬《しっと》に悶《もだ》えているかも知れない。

とにかく新九郎は受け身の立場であるし、間もなく出てゆく行きずりの男だから、無責任だがあとは女同士の問題であろう。

「また張っています。どうか吸って……」

美津は淫気を向け、彼を布団《ふとん》に押し倒して添《そ》い寝し、胸元を開いて白い乳房を露《あら》わにさせてきた。

しかし乳首から乳汁は滲《にじ》んでおらず、膨らみも柔らかいので苦痛ではなく、今は快楽だけを求めているようだった。

新九郎は吸い付き、コリコリと硬くなっている乳首を舌で転がしながら、顔中を柔らかな膨らみに押し付けた。今日の美津は入浴していないようで、生ぬるく甘ったるい体臭が濃厚に漂《ただよ》っていた。

強く吸うと薄甘い乳汁が滲んできたが、昨夜ほどではないので、そろそろ出なくなる時期なのかも知れない。

「アア……、いい気持ち……」

美津がうっとりと喘《あえ》ぎ、膨らみを強く押し付けてきた。

そして横になったまま帯をシュルッと抜き取って寝巻を脱《ぬ》ぎ去り、彼の帯も解いてきた。

新九郎も乳首を吸いながら脱ぎ、たちまち互いに全裸になった。

左右の乳首を順々に味わって喉を潤《うるお》し、腋《わき》の下にも鼻を埋《うず》め込んで甘ったるい汗の匂《にお》いで胸を満たした。

そして口を離して新九郎は言った。

「どうか、顔に足を乗せてほしいのですが」

「まあ、そんなこと無理です……」

「してもらいたいのに、真夏様にはお願いできやせんので」

「それは、真夏殿では無理でしょうが……」

「どうか」

熱烈に懇願《こんがん》すると、美津も好奇心を抱いたように、そろそろと身を起こして足裏をそっと彼の顔に乗せてくれた。

「ああ、こんなことさせるなんて……」

美津は壁に手を突きながら、ガクガクと脚を震わせて言った。

新九郎は足裏を舐《な》め、指の股《また》の蒸れた匂いを貪《むさぼ》って、生ぬるい汗と脂《あぶら》の湿り気を味わった。

「アア……！」

美津は熱く喘《あえ》ぎ、彼は足を交代してもらい、そちらも隅々まで味と匂いを堪能《たんのう》した。やがて新九郎は舐め尽《つ》くすと彼女の両足首を摑《つか》んで顔に跨《また》がらせ、手を引いてしゃがみ込ませた。

ムッチリと内腿《うちもも》が張り詰《つ》め、すでに濡《ぬ》れている陰戸《ほと》が鼻先に迫《せま》った。

「は、恥ずかしい……」

美津は厠《かわや》の格好になって声を震わせ、今にもトロリと滴《したた》りそうなほど割れ目内部に熱い淫水を満たした。

新九郎は豊満な腰を抱き寄せ、柔らかな茂《しげ》みに鼻を埋めて嗅《か》いだ。生ぬるい汗とゆばりの匂いに鼻腔《びこう》を刺激されながら舌を這《は》わせると、淡《あわ》い酸味のヌメリが迎えた。

息づく膣口の襞《ひだ》を搔《か》き回し、柔肉をたどってオサネまで舐め上げると、

「あう……、い、いい気持ち……」

美津が呻《うめ》いて言い、ヒクヒクと白い下腹を波打たせた。

オサネを吸い、新たに溢《あふ》れてくる淫水をすすり、さらに尻の真下に潜《もぐ》り込んで桃色の蕾《つぼみ》に鼻を埋めると、昨夜は感じられなかった生々しい匂いが鼻腔を刺激してきた。

充分に美女の匂いを嗅いでから舌を這わせ、ヌルッと潜り込ませて粘膜を味わうと、溢れる淫水が彼の鼻先に滴って来た。

「アア……、そ、そこは駄目《だめ》……」

美津が肛門を締め付けながら言い、やがて尻を引き離してしまった。

新九郎が再び陰戸に戻ってオサネを舐めると、また美津は股間を上げ、彼の股間に顔を移動させていった。

幹に指を添え、先端を舐め回して鈴口の粘液を味わい、さらにスッポリと喉の奥まで呑《の》み込んで吸い付いた。

「ああ……」

今度は新九郎が喘ぎ、生温かく濡れた口の中でヒクヒクと幹を震わせた。

美津も熱い息を股間に籠《こ》もらせながら、ネットリと舌をからめて一物を唾液に浸《ひた》した。

「い、入れたい……」

新九郎は急激に高まり、彼女の手を引いて前進させた。

美津も淫気に包まれながら、素直に茶臼《ちゃうす》で跨がり、先端を濡れた陰戸に受け入れていった。

「あう……、いいわ……」

ヌルヌルッと一気に根元まで納めると、美津が顔を仰《の》け反《ぞ》らせて呻いた。

新九郎も肉襞《にくひだ》の摩擦《まさつ》を味わい、締め付けられながら快感を味わった。

彼女も股間を密着させながら、すぐにも覆《おお》いかぶさるように身を重ねてきた。

すると興奮で分泌《ぶんぴつ》が促《うなが》されたか、また濃く色づいた両の乳首に乳汁の雫《しずく》が滲んでいた。

「ああ、また出て来たわね。もう出ないと思っていたけれど……」

美津も気づき、豊かな乳房に手を当てた。

「どうか、あっしの顔に絞《しぼ》り出して下さいやせ」

「いいけど、こう……？」

美津も興奮に任せて両の乳首をつまみ、胸を突き出して絞りはじめた。

すると白濁《はくだく》した乳汁がポタポタと彼の口に滴り、さらに乳腺から霧状になった乳汁も顔中に生温かく降りかかった。

彼は甘ったるい匂いに包まれながら喘ぎ、膣内でヒクヒクと幹を震わせた。

やがて顔を上げて左右の乳首を含んで吸い、徐々に股間を突き上げはじめていった。

「アア……、いい気持ち……」

美津も腰を遣いながら喘ぎ、上から顔を寄せてきた。そして舌を伸ばし、新九郎の顔中を濡らした乳汁を舐め回してくれた。

滑らかな舌が這い回り、乳汁の甘い匂いに白粉《おしろい》臭の吐息と唾液の匂いが混じり悩ましく鼻腔を掻き回してきた。

新九郎は両手でしがみつきながら次第にズンズンと激しく股間を突き上げ、時に美津に舌をからめて唾液をすすった。

「もっと唾《つば》を……」

囁《ささや》くと美津も懸命に唾液を分泌させ、トロトロと吐き出してくれた。

彼は生温かく小泡の多いネットリとした唾液を味わい、うっとりと喉を潤して高まった。

「い、いく……、ああーッ……！」

「ああ……」

たちまち美津が先に気を遣《や》ってしまい、声を上ずらせながらガクガクと狂《くる》おしい痙攣《けいれん》を開始した。

新九郎も心地よい膣内の収縮と摩擦の中、続けて絶頂に達してしまった。快感とともに、熱い大量の精汁がドクドクと勢いよく内部にほとばしり、奥深い部分を直撃した。

「ひい……、感じる……」

噴出を受け止め、美津は駄目押しの快感を得て息を呑んだ。

新九郎は激しく動きながら、心ゆくまで快感を噛《か》み締め、最後の一滴まで出し尽くしていった。

やがて突き上げを止め、彼は美女の温《ぬく》もりと重みを受け止めながら荒い呼吸を繰り返した。

「アア……、良かったわ……」

美津も声を洩《も》らし、肌の強《こわ》ばりを解きながらグッタリと遠慮なく体重を預けてきた。内部で一物がヒクヒクと過敏に上下するたび、膣内がキュッときつく締まった。

新九郎は、美女の甘い息と乳汁の匂いに包まれながら余韻《よいん》を味わった。

「明日には行ってしまうのね……」

美津が、呼吸を整えながら囁いた。

「ええ、そう長くお邪魔もしていられやせんので」

「江戸屋敷の佐枝様には会うの？」

「是非立ち寄るよう言われてやすので、素通りするわけにはいきやせんでしょうね……」

新九郎は言いながら実母の顔を思い出し、どことなく似ている美津と繫《つな》がっていることに禁断の興奮を得たのだった。

二

「ああ良かった。もしや先に発《た》ってしまったのではと心配していました」

翌朝、新九郎が朝餉を終える頃、城からの乗り物で小夜と綾香が帰ってきて、安心したように言った。

「ええ、お城ではゆっくりお休みになれやしたか」

新九郎も、旅支度《じたく》を調《ととの》えて答えた。

「ええ。事情をお話しすると、ご家老様が書状をしたためて下さいました。新九郎様に追っ手から救って頂いたことなども書かれ、江戸屋敷に行ったおり、大きな手助けとなりましょう」

綾香も言い、二人は美津と真夏に世話になった礼を言った。

真夏は一緒に江戸へ行きたいようだが、むろん警護の職を放り出すわけにもいかず、じっと新九郎を見つめて寂《さび》しげにしていた。

すでに小夜と綾香も旅支度を終えているので、そのまま三人は出立することにした。

「どうかお気を付けて。もし小田原へ来ることがあれば是非お立ち寄りを」

美津は三人に、用意させた弁当を持たせて言った。

「ではお達者で」

新九郎は二人に辞儀をし、二人を促して中屋敷を出た。すると三挺《ちょう》の駕籠《かご》まで用意してくれていて、新九郎まで甘えて乗ることにした。

すぐ街道に出て東へ、大磯《おおいそ》、平塚《ひらつか》に入ると駕籠を降りて帰し、馬入川《ばにゅうがわ》を越えたところで、やや遅めの昼餉。

さらに歩いて、日が傾《かたむ》く頃には藤沢《ふじさわ》宿に着き、そこで泊まることにした。

遊行《ゆぎよう》寺脇《じわき》にある玉半《たまはん》という大きな旅籠《はたご》は、この奇妙な三人連れを上客と見たか風呂付きの離れへと案内してくれた。

荷を解いて着替えを済ませると、先に夕餉。初めて三人で食事を囲んだ。

済ませて空膳《からぜん》が下げられると、三人分の床《とこ》が敷き延《の》べられた。宿のものは、この三人をどう思っているか知らないが、何しろ綾香が前金をはずんだので問題はないだろう。

明日は一気に江戸まで行かれるかも知れず、そうなれば最後の夜なので、綾香と小夜は相談し、三人で寝たいと願ったようだった。

湯殿には湯が沸《わ》き、他のものは来ないのでいつでも入れる。

「どうぞ、新九郎様お先に。それとも三人で入りましょうか」

綾香が言い、小夜もモジモジしながら期待に頬《ほお》を染めた。

二人とも城育ちなのに、新九郎との経験ですっかり慎《つつし》みより快楽を求める方が優先となっているようだ。

「ええ、じゃ三人で」

新九郎も答え、寝巻を脱いで湯殿へ行くと、二人も全て脱ぎ去ってあとから入ってきた。

「どうか、流す前の陰戸をあっしの顔に」

新九郎は勃起しながら自分だけ手桶《ておけ》に湯を汲《く》んで身体《からだ》を流し、簀《す》の子《こ》に仰向《あおむ》けになって言った。宿に入るとき足は洗われてしまったが、まだ股間はナマの匂いが濃く沁み付いていることだろう。

「ああ、やっぱりそのようなことを……」

綾香は羞恥《しゅうち》に声を震わせたが、好奇心と期待に目をキラキラさせていた。

手を引くと、先に綾香が恐る恐る彼の顔に跨がり、ゆっくりとしゃがみ込んできた。

ムッチリと張り詰めた内腿の真ん中が彼の鼻先に迫り、すでに陰戸が濡れはじめているのが見えた。

腰を抱き寄せ、柔らかな茂みに鼻を擦《す》りつけて嗅ぐと、汗とゆばりの匂いが生ぬるく濃厚に籠もり、悩ましく鼻腔を奥まで刺激してきた。

新九郎は胸いっぱいに吸い込みながら舌を這わせると、溢れた淫水ですぐにも舌がヌラヌラと滑《なめ》らかに動いた。

淡い酸味の潤いを貪りながら、収縮する膣口の襞からオサネまでゆっくり舐め上げていくと、

「アアッ……！」

綾香が熱く喘ぎ、ヒクヒクと下腹を波打たせながら懸命に両足を踏《ふ》ん張《ば》った。

新九郎は白く豊かな尻の真下にも潜り込み、顔中に丸い双丘を受け止めながら谷間の蕾に鼻を埋め込み、生々しい微香を貪るように嗅いだ。そして舌を這わせて襞を濡らし、ヌルッと潜り込ませて粘膜も味わった。

「も、もうご勘弁《かんべん》を……」

綾香が声を上ずらせて言い、前も後ろも愛撫《あいぶ》されてビクリと股間を引き離してしまった。

新九郎は傍《かたわ》らにいた小夜の手を握って引き寄せ、彼女にも顔を跨がらせた。

小夜も息を弾《はず》ませてしゃがみ込み、可憐《かれん》な陰戸を彼の鼻先に迫らせてきた。

同じように腰を抱き寄せ、楚々《そそ》とした若草に鼻を押しつけると、やはり甘ったるい汗の匂いと、ほのかに刺激的な残尿臭が鼻腔を掻き回し、悩ましく胸に沁み込んできた。

新九郎は何度も深呼吸して姫君の匂いを貪り、舌を挿《さ》し入れていった。

やはり柔肉はネットリとした淡い酸味の蜜汁に潤い、オサネをチロチロと舐め回すと、

「ああッ……、いい気持ち……」

小夜が熱く喘ぎ、思わずキュッと彼の顔に座り込んできた。

そして彼は同じように尻の真下にも潜り込んで、谷間にひっそり閉じられた蕾に鼻を埋め込んで微香を嗅ぎ、舌を這わせてヌルッと潜り込ませた。

「あう……」

小夜が呻き、キュッと肛門で舌先を締め付けた。

彼が充分に舌を蠢《うごめ》かせ、再び陰戸に戻って味と匂いを堪能していると、急に一物に生温かなものが触れてきた。

待ちきれずに、綾香がしゃぶり付いてきたのだ。

新九郎は小夜のオサネを舐め回しながら、スッポリと一物を含まれて快感を高めていった。

「アア……、も、もう駄目……」

小夜が声を震わせて喘ぎ、ビクッと股間を引き離した。

新九郎は小夜の顔を引き寄せて胸に抱いた。乳首を彼女の口に押し付けると、彼女もチロチロと舐め回してくれた。

「どうか、強く嚙んで……」

新九郎が囁くと、小夜も熱い息で肌をくすぐりながら、綺麗な歯並びでキュッと彼の乳首を嚙んでくれた。

「あう……、もっと強く……」

彼は甘美な刺激に呻き、綾香の口の中でヒクヒクと幹を震わせた。

小夜も力を込めて左右の乳首を刺激し、舌と歯で肌を愛撫しながら這い下りていった。

「ンン……」

綾香も喉の奥まで一物を呑み込んで呻き、熱い息を股間に籠もらせて念入りに吸い付いてくれた。

そして小夜が降りていくと、綾香もチュパッと口を離し、二人で彼の股間に顔を寄せてきた。そして新九郎が自ら両脚を浮かせて抱えると、先に毒味でもするように綾香が肛門を舐めてくれ、舌をヌルッと潜り込ませた。

「く……」

新九郎は快感に呻き、美女の舌先を肛門でモグモグと締め付けた。

彼女が舌を離すと、続いて小夜も舌を這わせ、侵入してきた。微妙に感触と温もりの異なる舌に、彼は幹を震わせて喘いだ。

「ずるいわ。自分だけ先に洗ってしまって」

小夜が舌を引き離して言い、彼が脚を下ろすと今度は二人で屈《かが》み込み、同時にふぐりを舐め回してくれた。

それぞれの睾丸を優しく吸い、舌を這わせて熱い吐息を混じらせ、やがて二人は一物を舐め上げてきた。

先に綾香が先端まで舌を這わせ、鈴口から滲む粘液を舐め取り、小夜もすぐに割り込むようにして亀頭をしゃぶり、やがて交互に含んで吸い付いては引き離して交代した。

「ああ……」

新九郎は快感に喘ぎ、それぞれの口の中で幹を震わせた。一物は、二人の混じり合った唾液にまみれ、絶頂を迫らせたが、まだここで果ててしまうのは何とも勿体《もったい》ない。

「どうか、もう……」

彼が身を起こして言うと、二人も口を離して顔を上げた。

「では、続きはお布団でしましょうね。洗ってすぐ参りますので」

綾香が言うと、新九郎はまだ匂いがするうちに二人を引き寄せた。

「洗う前に、もう少しだけ……」

彼は言って二人の胸に顔を寄せ、それぞれの乳首を吸って膨らみに顔を押し付けてから、腋の下にも鼻を埋めて腋毛に籠もった甘ったるい汗の匂いを念入りに貪った。

さらに新九郎は座ったまま、二人を左右に立たせて股間を突き出させたのだ。

三

「どうか、ゆばりを放っておくんなさい……」

新九郎が二人の太腿を抱え込みながら言うと、

「そ、そのようなこと……」

綾香が驚いたように言い、小夜もビクリと身じろいだ。

「どうしても、して頂きたいので、少しで良いのでお願い致しやす」

彼は興奮しながら懇願し、それぞれの股間に顔を寄せては悩ましい匂いで鼻腔を満たした。

新九郎の右の肩に綾香が、左に小夜が跨がって股間を向けていた。

「ああ、どうしましょう……」

小夜が息を弾ませて言い、二人とも早く身体を洗って布団に行きたいが、しなければ終わらないと察したようだった。

「ご一緒なら恥ずかしさも和《やわ》らぎましょう……」

綾香は言い、下腹に力を入れて尿意を高めはじめてくれた。

新九郎は激しく胸を高鳴らせて待ち、二人の陰戸を交互に舐めてヌメリをすすった。

「アア……、出る……」

と、先に小夜の方がか細く言い、下腹をヒクヒクさせた。陰戸の中を舐めると、柔肉が迫り出すように盛り上がり、味わいと温もりが変化した。すると、すぐにもチョロチョロと温かなゆばりが放たれてきた。

彼は夢中で口に受け、姫君の温かな流れを喉に流し込んだ。

それは匂いも味わいも淡く上品なもので、彼は何の抵抗もなく飲み込むことが出来た。

「ああ……」

小夜が喘ぎ、次第に勢いを増していった。

すると反対側の肩にポタポタと温かな雫が滴り、それもすぐに一条の流れとなって肌に注《そそ》がれてきた。

新九郎は、綾香の割れ目にも口を当てて熱い流れを受けて飲み込んだ。

こちらも控えめな味と匂いで、心地よく喉を通過した。彼は左右の流れを交互に味わい、淡い匂いで鼻腔を刺激されながら全身で温もりを受け止めた。

やがて小夜の流れが治まり、彼はポタポタ滴る雫を舐め取った。そして綾香の陰戸に戻ると、こちらも出尽くしたようだった。

それぞれの割れ目内部を舐めると新たな蜜汁が溢れ、淡い酸味で舌の動きが滑らかになった。

「アア……、もう駄目……」

綾香がガクガクと膝を震わせて言い、二人とも立っていられないようで、すぐにもクタクタと座り込んでしまった。

新九郎は手桶で湯を浴《あ》び、身体を洗い流して立ち上がった。

「では、先に上がっておりやす」

彼は言って先に湯殿を出ると、身体を拭《ふ》いて全裸のまま布団に横になり、期待して待った。

　すると、いくらも経《た》たないうちに二人も上がってきて身体を拭き、綾香がすぐにも一物をしゃぶって唾液に滑《すべ》らせた。

「では、どうぞ姫様」

　綾香がスポンと口を引き離して言うと、小夜もためらわず彼の股間に跨がってきた。

　綾香が指を添えて幹を支えると、小夜も濡れた陰戸を先端に押し付け、位置を定めてゆっくりと腰を沈み込ませていった。張りつめた亀頭が潜り込むと、あとはヌメリと重みに任せ、ヌルヌルッと根元まで受け入れた。

「あう……」

　小夜が顔を仰け反らせて呻き、ぺたりと座り込んで股間同士を密着させた。

　新九郎も肉襞の摩擦と温もりに包まれ、まだ果てないよう気を引き締めながら快感を味わった。

「まだ痛みますか」

「いいえ、平気……」

　綾香が気遣って言うと、小夜も健気《けなげ》に答えた。実際初回の痛みより、今は好いた男と一つになった悦《よろこ》びの方が大きいようだ。

「新九郎様、どうか果てませんように」

綾香が気を揉《も》みながら言ううちにも、小夜が僅《わず》かに腰を動かしてきた。どうやら快感にも目覚めはじめたようだ。

「さ、姫様、もうその辺で……」

綾香が言うと、小夜も心得て動きを止め、支えられながらそろそろと股間を引き離して彼に添い寝した。

「もう血も出ていません。何と覚えの早い……」

小夜の陰戸をあらためた綾香が言った。

もちろん小夜が婚儀を終えて初夜を迎えたにしても、新郎の武士は事後に陰戸をあらためたりしないだろうから、彼女が慎み深い生娘《きむすめ》のふりをすれば良いだけである。

そして新九郎が促すと綾香が跨がり、小夜の淫水に濡れている一物を深々と受け入れていった。

「アアッ……！」

綾香が熱く喘ぎ、キュッと締めつけながら身を重ねてきた。

新九郎も、遠慮なく動いて果てられる前に綾香の陰戸を味わって抱き留めた。

股間を突き上げはじめると、綾香も合わせて腰を遣い、すぐにも互いの動きが滑らかに一致してきた。

彼は隣の小夜の顔を引き寄せ、真上の綾香の唇も求めて重ね合わせた。

また三人が同時に唇を触れ合わせ、新九郎が伸ばした舌を二人で舐め合ってくれた。

生温かな唾液が混じり合って彼の口に注がれ、彼は綾香の花粉臭の息と、小夜の甘酸《あまず》っぱい果実臭の息を嗅ぎ、徐々に突き上げを激しくさせていった。

「ンンッ……！」

綾香が彼の舌に吸い付きながら呻き、大量の淫水を漏らして互いの股間をビショビショにさせた。

小夜も、まるで二人の快感が伝わっているように息を熱く弾ませ、割り込むように舌をからめていた。

そこで彼は小夜の陰戸に指を這わせ、優しくオサネをいじってやった。

「く……」

小夜も心地よさそうに呻き、淫水を溢れさせながら指の愛撫に高まってきたようだ。

「もっと唾を……」

新九郎が囁くと、二人も懸命に分泌させてトロトロと吐き出してくれ、彼は混じり合った生温かな美酒で喉を潤し、うっとりと酔いしれながら、とうとう昇り詰めてしまったのだった。

「い、いく……！」

突き上がる大きな絶頂の快感に口走りながら、彼はありったけの熱い精汁をドクンドクンと勢いよく柔肉の奥にほとばしらせた。

「き、気持ちいいわ……、アアーッ……！」

噴出を感じた綾香も続いて気を遣り、ガクガクと狂おしい痙攣を開始して締め付けてきた。

「ああ……、いい気持ち……」

すると、オサネをいじられていた小夜も声を震わせ、身をくねらせて気を遣ってしまったのだった。

新九郎は二人の口に鼻を擦りつけ、かぐわしい吐息と唾液の匂いで胸を満たしながら快感を嚙み締め、心置きなく最後の一滴まで出し尽くしていった。

「ああ……」

満足して声を洩らし、力を抜いていくと、綾香も肌の強ばりを解いてグッタリと彼に体重を預けてきた。

二人とも彼の上と横でハアハアと荒い呼吸を繰り返し、すっかり満足したようだった。綾香の膣内は収縮が続き、射精直後で過敏になった幹がヒクヒクと跳《は》ね上がった。

そして彼は二人分の息を嗅ぎながら、うっとりと快感の余韻を味わい、まもなくこの目眩《めくるめ》く旅も終わりに近づいてきたことを思った。

ようやく綾香が身を起こし、そろそろと股間を引き離した。懐紙で陰戸を手早く拭いながら屈み込み、淫水と精汁に濡れた一物をしゃぶってくれたのだ。

「ああ、どうか、もう……」

新九郎は腰をよじって降参し、綾香も処理を終えて身を離した。

「では、これで休みましょうね」

綾香が言い、小夜も寝巻を着て自分の布団に横になった。綾香はもう一度湯殿へ行って股間を洗い流し、すぐに戻って寝巻を着た。

新九郎も搔巻《かいまき》を掛《か》け、二人相手の贅沢《ぜいたく》な思いに浸りながら眠りに就いたのだった……。

「夕立が来そうですぜ。急いで無理せず、品川《しながわ》宿に泊まりやすか」

四

翌日、新九郎は湿り気を帯びはじめた風を感じ、空を見上げて言った。

朝は日が昇る頃に藤沢宿を発ち、東海道を北上。戸塚《とつか》、保土ケ谷《ほどや》を越えて神奈川《かながわ》の宿で遅めの昼餉。そして川崎《かわさき》を過ぎ、七つ（午後四時頃）に品川宿に入るところだった。

「本当？　そうしましょう」

小夜が嬉《うれ》しそうに言った。

本来は、早く江戸屋敷に行って父である藩主に事の次第を報告しなければいけないのだが、どうにも新九郎との旅が楽しくてならないらしい。

それに、江戸へ着いたら別れると思っていたので、もう一泊できるのは思いがけない喜びのようだった。

もちろん急げば暗くなる頃には日本橋《にほんばし》に着くだろうが、空模様が怪《あや》しくなっているので新九郎も無理はさせられないと思ったのである。

まだ街道筋だが、降り出す前に宿場に着けるかも知れない。

と、そのとき烏《からす》がカアーと鳴いた。

「あの烏追い、またいるわ」

綾香が気づき、先の方を見て言った。

新九郎も目を遣ると、初音が警戒しろと言うようにチラと彼の方を見た。

(まさか、まだ追っ手が……?)

新九郎は周囲に気を配りながら思った。

まだ宿場に入る前で、急に暗くなってきたせいか人通りもなくなっていた。左右は草っ原だけである。

そこへ、バラバラと数人の武士が姿を現した。全部で五人。

連中は、いきなりスラリと抜刀し、三人を取り囲んできた。殺気が漲《みなぎ》っているので、どうやら国家老からの命で、もう姫を連れ戻すのが無理なら斬り捨てろと言われているのかも知れない。

「そうか、船か……」

新九郎は呟《つぶや》いた。連中は駿河から品川まで船で来て、三人が喜多岡家に逗留《とうりゅう》している間に追い越したのだろう。

「ひ、姫様に刃を向ける気ですか……」

綾香が、小夜の前に出て言った。どうやら見知った顔があるようだ。

「これが最後です。停泊中の船で中田へ戻って頂きたい」

「嫌です」

正面の男に言われ、小夜が即答していた。

「ならばやむを得ない。その渡世人《とせいにん》から斬れ!」

男が言うと、連中は一斉に斬りかかってきた。新九郎も抜刀して応じたが、相手も必死なので手加減する余裕はない。

すると初音の石飛礫《いしつぶて》が飛来した。

「むぐ……!」

男が脾腹《ひばら》に石を受けて呻くなり、新九郎はその肩に強《したた》かに峰《みね》打ち。

綾香と姫を庇《かば》いながら、初音の攻撃に硬直する連中を次々に峰打ちで倒していった。

「危のうござんす、離れて!」

新九郎に言われ、綾香は小夜を支えながら少し離れ、今度は懸命に成り行きを見守っていた。

傍《はた》から見ると、新九郎の動きは神業《かみわざ》に見えただろう。何しろ素人目《しろうとめ》には飛び来る石飛礫が見えないから、新九郎が次々と相手を峰打ちで倒しているふうに思えるのだ。

「こ、こやつ……！」

残った一人が怯《ひる》みながらも目を見開いて言い、その水月《すいげつ》へ石飛礫。すかさず新九郎の小手打ちで得物を落とすと、相手はガックリと膝《ひざ》を突いた。

礼を言おうと顔を上げて初音を探したが、彼女は、

「お役人様、こっちです」

彼方から駆《か》け寄る捕り方たちに声をかけていた。

あまりに手回しが良いので、あるいは初音は先回りし、不穏な気配を察して役人を呼んでいたのかも知れない。

たちまち五人の武士は捕縛《ほばく》され、新九郎も刀を納めた。

そこへ、最後に立派な武士が馬で現れて新九郎を見た。

「おや、どこかで見た顔だな」

「と、遠山《とおやま》様……」

新九郎も思い出し、目を丸くして言った。

相手は一昨年《おととし》に北町奉行に就任した、遠山金四郎景元《きんしろうかげもと》であった。前に茶店で会ったときは勝小吉《かつこきち》と一緒で、遊び人ふうの身なりだったが、今は職務で市中を視察中らしかった。

「勝《かつ》さんとご一緒の茶屋で半年ほど前に」

「そうだったか。で、こいつらを番屋へしょっ引くから、事情を聞かせてくれ」

金四郎は馬を下りて言い、五人は引っ立てられた。

「なぜ北町のお奉行が品川に」

「なあに、贅沢禁止令のため吉原《よしわら》以外の岡場所が取り潰しになるんで、北も南も一緒になってその視察だ。もっとも本音は、品川芸者が名残惜《なごりお》しくて来ちまったのよ」

金四郎が悪戯《いたずら》っぽく笑って言い、新九郎も苦笑した。相当に庶民の気持ちの分かる気さくな男で、職務を離れれば身分を隠し、遊び人の格好で夜遊びをするのだろう。このとき金四郎、四十九歳。

とにかく、それで今日はたまたま役人が多く品川に来ていたらしい。

綾香と小夜や、捕り方たちも金四郎と新九郎が親しげに話しているので驚いていた。

新九郎は馬を引いてやり、一行が品川宿に入って番屋へ行く頃にポツポツと雨が降ってきた。

みな急ぎ足になり、本降りになる頃には番屋に入ることが出来、五人の武士は仮牢へ入れられ、新九郎たちは別室で事情を聞かれた。しかも日頃たむろしている同心などではなく、一国の姫君ということで金四郎が直々《じきじき》に話を聞いてくれたのだ。

話はもっぱら綾香がして、小夜は喜多岡家に書いてもらった書状も見せた。

「なるほど、分かりました。では早速中田藩邸に使いを出し、乗り物で迎えに来てもらいましょう。そうした事情なら早くお屋敷へ行った方が良い。その上で、あの五人をどうするか殿様に決めてもらいます」

金四郎が言うと、品川に泊まり損なった小夜が寂しげな表情になった。

「まあ、迎えが来るまではだいぶかかろう。そこらの料亭で、四人で夕餉を済ませておこうじゃないか」

話を終えると、金四郎が砕《くだ》けた口調になって新九郎に言った。

「いえ、そんなご馳走《ちそう》になっては申し訳ありやせんが」

「もちろん割り勘よ。旅籠に泊まる気だったんだろうからな」

金四郎が笑って言い、小者を使いに走らせると、四人は番屋を出て雨の中近くの店へと移動した。

「これでお別れではありませんよね。新九郎様は、江戸へ行ったらどこへ」

部屋で旅の荷を解くと、小夜が恐る恐る言った。

「へえ、少々ご縁のある前林藩のお屋敷に顔を出そうかと」

「お屋敷はどこに」

「神田淡路町《かんだあわじちょう》でやす」

「まあ、うちの上屋敷も神田なので、きっと近いわ。どうか、お使いをやるのでどこへも行かないで下さいましね」

小夜が言い、金四郎が興味深げに話を聞いていた。やがて料理が運ばれ、四人は食事をはじめ、金四郎だけ酒を飲んだ。

「新さんよ、あんた俺と同じか」

金四郎は、新九郎の物腰を観察しながら言った。

「同じかと言いやすと」

「二つの顔を持ってるんじゃないかって事よ」

奉行と遊び人という、二つの顔を持った彼が言う。

確かに、渡世人が大名屋敷に立ち寄るのは有り得ないことだろう。

「滅相《めっそう》も。些細《ささい》なご縁があり、必ず立ち寄れと厳命を受けているだけで」

「そうかい、まあいろいろな縁があるからな」

新九郎が答えると、金四郎もそれ以上は訊《き》いてこなかった。

やがて日も暮れ、雨もそれほどひどい降りにはならないようで、新九郎も少しだけ金四郎の相伴をした。

「新九郎様も、お屋敷に来られませんか」

「いや、あっしは品川に泊まりやすので」

よほど名残惜しいのか、小夜が言ったが新九郎は断った。

やがて食事を終えて待つうちに、ようやく屋敷からの迎えが来たと女将《おかみ》が知らせてきた。

四人も、支払いを終えて料亭を出た。外には二挺の豪華な乗り物が到着し、相当に急いだらしく蓑笠《みのかさ》を着けた担《かつ》ぎ手の陸尺《ろくしゃく》たちは汗まみれになり肩で息をしていた。

小夜と綾香は、後ろ髪引かれる思いで新九郎を振り返ってから乗り物に乗り、だいぶ小降りになった雨の中を去っていった。

金四郎は番屋へと戻り、新九郎は近くの木賃宿《きちんやど》に入った。

ようやく一人きりになって肩の荷は下りたが、やはり少し寂しかった。

そして部屋で荷を置いて着替え、風呂に入って戻ると、そこに初音が待っていてくれたのだった。

五

「ああ良かった。会いたかったぞ」

「ふふ、嘘《うそ》ばっかり。二人と別れて寂しいだけでしょう」

新九郎が言うと、初音は笑って答え、部屋の隅に鳥追い笠と三味線《しゃみせん》や荷を置いた。すでに床は敷き延べられている。

「さあ、脱いでくれ」

新九郎は言い、自分も帯を解いて寝巻を脱ぎ去り、布団に横になった。

二人と別れ、夕餉と風呂も終え、あとは寝る前に心置きなく快楽を得るだけであった。

初音も素直に帯を解き、着物を脱いでみるみる一糸まとわぬ姿になった。

「じゃ立ったまま、足の裏を顔に」

「まあ、久しぶりなのに、最初からそれを……?」

言うと初音が呆《あき》れたように答えたが、この素破《すっぱ》は忠実ゆえに何を要求しても拒《こば》むことはない。

「いいですか。こう……?」

初音は仰向けになった新九郎の顔の横に立ち、言いながらそっと足裏を彼の顔に乗せてくれた。

新九郎は柔らかな足裏を顔中に受けて陶然《とうぜん》となり、舌を這わせた。

「アア……、くすぐったいわ……」

初音はビクリと足を震わせて喘いだが、壁に手を当てることなく、フラつきもせずに程よい重みをかけてくれていた。

彼は指の股に鼻を押しつけ、汗と脂に湿って蒸れた匂いを貪り、爪先《つまさき》にもしゃぶり付いていった。そして順々に全ての指の間に舌を割り込ませて味わってから足を交代させた。

「いいよ、跨いでしゃがんで」

充分に堪能して言うと、初音も跨がり、ゆっくりしゃがみ込んできた。

健康的な小麦色の脹《ふく》ら脛《はぎ》と内腿がムッチリと張り詰め、股間が彼の鼻先に迫った。新九郎は温もりを顔中に受けながら真下から目を凝《こ》らすと、陰唇が僅かに開き、ヌメヌメと潤う柔肉が覗《のぞ》いていた。

腰を抱き寄せ、ぷっくりした丘の茂みに鼻を埋めると、生ぬるい汗とゆばりの匂いが濃厚に籠もり、うっとりと鼻腔を刺激してきた。

嗅ぎながら舌を挿し入れると、淡い酸味のヌメリが心地よく迎え、彼は息づく膣口の襞をクチュクチュ掻き回し、オサネまで舐め上げていった。

「ああ……、いい気持ち……」

初音は熱く喘ぎ、新たな蜜汁を漏らしながらクネクネと身悶えた。

白く丸い尻の真下に潜り込み、ひんやりした双丘を顔中に受けながら谷間の蕾に鼻を埋めて嗅ぐと、やはり秘めやかな微香が籠もって悩ましく胸に沁み込んできた。

充分に嗅いでから舌を這わせて細かな襞を濡らし、潜り込ませてヌルッとした粘膜を味わった。

「く……」

初音が息を詰めて呻き、キュッと肛門で舌先を締め付けた。

新九郎は舌を蠢かせ、再び陰戸に戻ってヌメリをすすり、オサネに吸い付いていった。

「アア……、もっと……」

初音も快楽に包まれながら喘ぎ、夢中になってヌラヌラと彼の鼻と口に割れ目を擦りつけてきた。そして新九郎も強く吸い付き、執拗《しつよう》に舌を這わせ、軽く歯も当てて刺激すると、すぐにも彼女は絶頂を迫らせたように、ビクリと股間を引き離してきた。

「こ、今度は私が……」

骨抜きになる前に、余力のあるうち初音は言って、彼に添い寝してのしかかってきた。

そして彼の乳首に吸い付き、熱い息で肌をくすぐりながら舌を這わせた。彼が好むのを知っているので、キュッと乳首を嚙み、両方とも愛撫してから肌を舐め降りていった。

しかし屹立《きつりつ》した一物には向かわず、脚を舐め降りて爪先をしゃぶり、自分がされたように念入りに全ての指の股に舌を割り込ませてきた。

「ああ……」

彼は妖《あや》しい快感に喘ぎ、足指で美女の舌をキュッと挟《はさ》み付けた。

藩主の双子と素破ではあまりに身分が違うが、新九郎はどんな女でも大切にし崇《あが》める癖《へき》を持っていた。だから爪先をしゃぶられるのは心地よいが、申し訳ない気分にもなり、良いところで引き離した。

すると初音は彼の脚の内側を舐め上げ、内腿にも歯を立てながら股間に迫ってきた。

そして両足を浮かせ、尻の谷間を舐め回し、ヌルッと潜り込ませて蠢かせた。

「く……」

新九郎は呻き、美女の舌を肛門で締め付けながら、屹立した肉棒をヒクヒクと上下させた。

初音は彼の脚を下ろし、ふぐりを舐め回して睾丸を転がし、いよいよ一物の裏側を舐め上げてきた。先端まで来ると舌先で粘液の滲む鈴口を舐め回し、そのままスッポリと呑み込んでいった。

根元まで含んで熱い息を股間に籠もらせ、口の中ではクチュクチュと舌をからめて唾液にまみれさせてくれた。

「い、いいよ、入れたい……」

新九郎は急激に高まって言い、彼女の手を引いた。

初音もチュパッと口を離して前進し、一物に跨がると先端を陰戸に受け入れていった。

「ああッ……！」

ヌルヌルッと一気に納めると、初音は顔を仰け反らせて喘ぎ、彼の股間にぺたりと座り込みながらキュッと締め付けてきた。

新九郎も温もりと感触を味わいながら、両手で彼女を抱き寄せた。

身を重ねてきた初音の胸に顔を埋め込み、薄桃色の乳首を含んで舌で転がし、顔中に柔らかな膨らみを受け止めて甘ったるい体臭に包まれた。

初音が待ちきれないように腰を遣いはじめると、新九郎もズンズンと股間を突き上げて動きを合わせ、何とも心地よい摩擦に高まっていった。

そして両の乳首を味わってから腋の下に鼻を埋め、生ぬるく湿った和毛《にこげ》に籠もる、甘ったるい汗の匂いで鼻腔を満たした。

さらに首筋を舐め上げて唇を求めると、初音は今日も可愛《かわい》らしく甘酸っぱい匂いの息を熱く弾ませていた。新九郎は果実臭の息を嗅ぎながら突き上げを強め、絶頂を迫らせていった。

「い、いきそう……、もっと強く奥まで……」

初音もすっかり高まり、膣内の収縮を活発にさせながらせがんだ。蜜汁も大洪水になって律動が滑らかになり、クチュクチュと淫らに湿った音が響いて互いの股間がビショビショになった。

新九郎は下から唇を重ねて舌をからめ、唾液と吐息に酔いしれた。

初音も、ことさら大量にトロトロと唾液を注ぎ込んでくれ、彼は生温かく小泡の多い粘液で心地よく喉を潤した。

「顔中も舐めて……」

初音にだけは甘えるようにせがみ、新九郎は激しく股間を突き上げた。

彼女は彼の鼻の頭に舌を這わせ、惜しみなく唾液と吐息を与えてくれながら、さらに顔中も舐め回して清らかな唾液にまみれさせてくれた。

「いく……、アアッ……!」

とうとう新九郎は昇り詰めて喘ぎ、大きな絶頂の快感の中でドクンドクンと勢いよく熱い精汁をほとばしらせてしまった。

「き、気持ちいいわ、ああーッ……!」

噴出を感じると、初音も声を上ずらせて気を遣った。

ガクガクと狂おしい痙攣を繰り返し、一物を締め上げ続けた。

新九郎も心ゆくまで快感を味わい、最後の一滴まで出し尽くして徐々に突き上げを弱めていった。

「ああ……」

初音も満足げに声を洩らし、強ばりを解いてグッタリともたれかかった。

新九郎は完全に動きを止め、彼女の重みと温もりを受け止め、まだ収縮する膣内でヒクヒクと過敏に幹を震わせた。そして甘酸っぱい息を胸いっぱいに嗅ぎながら、快感の余韻に浸り込んでいった。

「済《す》みません……、しばらく動けません……」

初音が身を重ねたまま荒い呼吸で囁き、やはり余韻の中で肌を震わせていた。

ようやく息遣いを整えると、彼女がそろそろと股間を引き離し、懐紙で手早く陰戸を拭《ぬぐ》ってから、丁寧《ていねい》に一物を拭き清めてくれた。

「じゃ、私もお湯を使ってから休みますね」

「ああ、有難《ありがと》う……」

初音が搔巻を掛けながら言うと、彼も感謝を込めて答えた。

やがて彼女が静かに出ていくと、新九郎も力を抜いて目を閉じた。

（明日は江戸か……）

半年ぶりだが、また屋敷へ行けば実母の佐枝にも目通りすることだろう。

双子の兄、高明は元気にしているだろうか。また正室の千代《ちよ》を孕《はら》ませるため抱くことになるのだろうか。

様々な思いをよぎらせながら、いつしか彼は睡《ねむ》りに落ちていったのだった。

第五章　淫気《いんき》に溢《あふ》れる兄嫁の蜜《みつ》

一

「これこれ、何用です！」

新九郎が、前林藩江戸屋敷の勝手口から訪《おとな》うと、町家から手伝いに来ているらしい少女が言った。きつい眼差《まなざ》しだが、顔立ちが可憐《かれん》だから新九郎も思わず笑みを洩《も》らしてしまった。

今朝がた、品川の木賃宿《きちんやど》を出た新九郎は日本橋に着き、神田淡路町にある藩邸を訪ねてきたのだ。

初音はいなかったのでまた先回りして、すでに屋敷内にいるのかも知れない。

「何が可笑《おか》しいのです！」

厨《くりや》を預かっているらしい少女が声を険《けわ》しくさせた。まだ十七ぐらいだろう。

すると、思った通り矢絣《やがすり》に腰元姿の初音が姿を現した。

「これ、お花《はな》。そのお方は良いのですよ」

「お方って……」

言われた花は驚き、まだ不満そうに言いよどんだ。

さらに奥から佐枝が出て来たのである。すでに初音から聞いていたらしい。

突然、藩主の母親が出てきたから、花は驚いて土間に跪《ひざまず》いた。

「新吾、よう来てくれました。まあ前よりさらに逞《たくま》しくおなりに」

佐枝が言い、新九郎も笠を脱《ぬ》いで頭を下げた。

「すっかりご無沙汰《ぶさた》しております」

「さあ、お上がりなさい。門から訪ねてくれば良いものを」

佐枝が手を取らんばかりに新九郎を上げ、草鞋《わらじ》を脱いだ彼も上がり込んだ。

「殿様の弟君なのですよ」

「まあ……」

後ろで、初音と花が話しているのを聞きながら、新九郎は奥へ進んだ。

座敷で、彼はあらためて実母の佐枝に平伏した。

どことなく似た顔立ちで、佐枝の姪《めい》である美津を抱いてしまったことが思い出され、何やら複雑な気分になったものだ。

「小田原で美津様にお会いしました」

「ええ、早飛脚の手紙が届いております。だいぶ人助けもしたようで嬉《うれ》しく思います」

言うと、佐枝が慈愛《じあい》の笑みで答えた。

「これからどのように。いつまでも無宿人でいるおつもりですか」

「はい、上州へ戻るつもりでおります」

「左様《さよう》ですか。そなたの兄の高明殿は、つい一昨日《おととい》に療養のため許しを得て国許《くにもと》へと帰ったばかりです」

「そうでしたか。お身体《からだ》のことは心配しておりましたが」

新九郎は言い、兄に会えないことを残念に思った。

「それよりも武士に戻り、ここで暮らしても良いのですよ。まあ何日か滞在してよくお考えなさい」

「はい、お心遣い有難《ありがと》う存じます」

彼はもう一度深々と頭を下げ、退出した。そして初音の案内で客間に通され、そこで旅の荷を解いて、出された着物に着替えた。

「ご正室の千代様は？」

「まだご懐妊されておりません。高明様が数日前、国許へ発《た》つ前に何とか情交したようですので、今日にも新様がして下されば、すぐ孕《はら》んでも不思議はないのでまたお願い致します」

初音が言い、新九郎は急激に淫気《いんき》を催《もよお》してしまった。

「新様は昼餉《ひるげ》までお部屋で休むことにしておりますので、その間に奥向きへ行って千代様をお抱き下さいませ。術をかけ、高明様と思うよう仕向けますので」

「今すぐにか」

「はい、こちらへ」

初音が言い、新九郎は部屋を出て、彼女に案内されて奥向きへと行った。

すでに屋敷内全体が初音の術中に落ちているかのように、廊下では誰とも出会わず、彼は難なく正室の寝所に入ることが出来た。

千代は、寝巻姿で布団《ふとん》に座っていたから、あらかじめ初音がそのように仕向けていたのだろう。

「殿……、嬉しい……」

千代は新九郎を見るなり、急激に淫気を催したように頬《ほお》を染めて言った。一昨日に、高明が国許へ出立し、見送って別れたことも忘れているらしい。

初音はすぐ出てゆき、誰も来ぬよう見張っているようだ。

新九郎は帯を解いて着物を脱ぎ、下帯も取り去って全裸になった。すると千代も、術にかかって朦朧《もうろう》とした眼差しで黙々《もくもく》と寝巻を脱ぐと、白い肌を露《あら》わにして横たわった。

彼はのしかかり、薄桃色の乳首にチュッと吸い付き、舌で転がしながら柔らかな膨《ふく》らみに顔を押し付けた。

「アア……」

千代はすぐに熱く喘《あえ》ぎ、クネクネと身悶《みもだ》えはじめた。

甘ったるい汗の匂《にお》いが上品に漂《ただよ》うので、昼前ということもあり入浴はしていないようだった。もっとも大名屋敷とはいえ、やはり江戸は火事を恐れるから毎日風呂を焚《た》くわけではなく、恐らく数日前に高明が出立する前夜に入ったきりであろう。

だから、滅多に外へ出て動き回らない正室でも、今日は艶《なま》めかしい匂いが充分に感じられて彼の淫気も倍加した。

新九郎は両の乳首を交互に含んで舐《な》め回し、もちろん腋《わき》の下にも鼻を埋《うず》め込み和毛《にこげ》に籠《こ》もった甘ったるい汗の匂いも貪《むさぼ》った。

そして滑らかな肌を舐め降り、形良い臍《へそ》を舌で探り、ピンと張り詰《つ》めた下腹から腰の丸み、ムッチリした太腿《ふともも》を下降していった。

千代も息を弾《はず》ませ、されるままじっと身を投げ出して、感じるたびにビクリと肌を震わせていた。

丸い膝小僧《ひざこぞう》を舐めて軽く噛み、脛《すね》へ降りても体毛は薄くスベスベだった。

足首まで行って足裏に回り、顔中を押し付けて踵《きびす》を舐め、可憐に揃《そろ》った指の間に鼻を押しつけて嗅《か》ぐと、やはり十万石の大名の正室でも、そこは汗と脂《あぶら》に生ぬるく湿り、蒸れた匂いが籠もっていた。

新九郎は胸いっぱいに嗅いでから爪先《つまさき》にしゃぶり付き、全ての指の股《また》に舌を割り込ませて味わった。

「あう……、殿、汚いですから……」

千代が呻いて言い、足指で舌を挟《はさ》み付けてきた。

彼は両足とも、味と匂いが薄れるほど貪り尽《つ》くしてから、千代に寝返りを打たせてうつ伏《ふく》せにさせた。

踵から脹ら脛《はぎ》を舐め、ヒカガミから太腿、白く丸い尻をたどり、腰から背中を舐め上げると淡《あわ》い汗の味がした。

肩まで行って髪の香油を嗅ぎ、耳の裏側も汗ばんだ匂いを貪って舌を這わせ、再び背中を舐め降りて尻に戻った。

腹這《ば》いのまま股を開かせて顔を寄せ、指でグイッと尻の谷間を広げ、可憐な桃色の蕾《つぼみ》に鼻を埋め込んで嗅ぐと、やはり生々しく秘めやかな匂いが沁《し》み付いて鼻腔《びこう》を刺激してきた。

恐らくこの世の誰も知らない千代の匂いであり、そして他の多くの女性と似た匂いでもあった。

充分に嗅いでから舌を這わせ、細かに震える襞《ひだ》を濡《ぬ》らしてヌルッと潜り込ませ粘膜を味わった。

「く……」

千代が顔を伏せたまま呻《うめ》いて尻をくねらせ、肛門でキュッときつく彼の舌を締め付けてきた。

新九郎は舌を蠢《うごめ》かせ、顔中に密着する双丘の感触を堪能《たんのう》した。

やがて顔を引き離し、千代を再び仰向《あおむ》けにさせると、開かせた股間に腹這い、白く滑《なめ》らかな内腿を舐め上げて陰戸《ほと》に迫った。

そこは、驚くほど大量の蜜汁にヌラヌラと潤《うるお》っていた。

これほど感じやすく濡れやすい肉体を持っているのに、虚弱ゆえ年中抱けない兄が哀《あわ》れであった。

ぷっくりした丘には楚々《そそ》とした恥毛が茂《しげ》り、濡れて色づいた陰唇に指を当てて左右に広げると、すでに新九郎により快感に目覚めた膣口が襞を震わせて息づいていた。尿口もはっきり見え、包皮の下からは光沢あるオサネもツンと突き立っていた。

熱気に誘われて顔を埋め込み、柔らかな茂みに鼻を擦《す》りつけて嗅ぐと、やはり隅々には甘ったるい汗の匂いに混じり、残尿臭の刺激も悩ましく混じって鼻腔を搔《か》き回してきた。

新九郎は何度も吸い込んで千代の匂いで胸を満たし、舌を這わせていった。

陰唇の内側を舐め、奥の膣口の襞を探ると淡い酸味のヌメリが舌の動きを滑らかにさせた。

柔肉をたどってオサネまで舐め上げていくと、

「アアッ……、い、いい気持《の》ち《ぞ》……」

千代がビクッと顔を仰け反らせ、思わず内腿で彼の両頰をキュッときつく挟み付けてきた。

チロチロと小刻《こきざ》みにオサネを舐めると、白い下腹がヒクヒクと波打ち、新たな淫水がヌラヌラと溢れてきた。

彼は上の歯で包皮を剝《む》き、完全に露出した突起を弾くように舐め続けては、割れ目内部に溜《た》まるヌメリをすすった。

二

「と、殿……、身体が宙に……」

千代が絶頂を迫《せま》らせて言うが、新九郎はここで果てさせるよりも長く楽しもうと、いったん舌を引っ込めて股間から這い出した。

そして添い寝し、荒い呼吸を繰り返している千代を胸に抱き、その唇に乳首を押し付けた。すると彼女もチュッと吸い付き、熱い息で肌をくすぐりながら舌を這わせてくれた。

「嚙《か》んで、強く……」

囁《ささや》くと、千代は控《ひか》えめに前歯で乳首を挟んだ。

「ああ……、もっと思い切り……」

甘美な刺激に身悶えて言うと、千代も彼が感じるのが嬉しいのか、やや力を込めてくれた。そのまま新九郎が仰向けになると、千代も上からのしかかって左右の乳首を舌と歯で愛撫《あいぶ》した。

顔を下方へ押しやると、千代も素直に移動し、やがて大股開きになった彼の股間に腹這い、顔を寄せてきた。

「ここを……」

ふぐりを指すと、千代は舌を這わせて睾丸を転がし、熱い息を籠もらせながら袋全体を生温かく清らかな唾液にまみれさせてくれた。

本当は尻の穴も舐めさせたいが、彼も昨夜来入浴していない。初音の術中にある千代だから構わないのだろうが、そこが女をこの上なく大切にする新九郎の性格である。

そしてせがむように幹をヒクつかせると、千代も心得て顔を進め、肉棒の裏側を舐め上げてきた。

滑らかな舌先で付け根から先端までゆっくりたどると、彼女は小指を立てて幹を握り、ためらいなく鈴口から滲《にじ》む粘液を舐め取り、張りつめた亀頭にもしゃぶり付いた。

さらに彼が股間を突き上げると、千代もスッポリと喉の奥まで呑《の》み込み、上気した頰をすぼめてチュッと吸い付いてくれた。

「ああ……、気持ちいい……」

新九郎は快感に喘ぎ、美女の口の中でヒクヒクと幹を震わせた。

千代も付け根を丸く締め付けて吸い、熱い鼻息で恥毛をくすぐりながら、口の中ではクチュクチュと滑らかに舌をからめてきた。

肉棒は生温かな唾液にどっぷりと浸《つか》り、彼も急激に絶頂を迫らせていった。

「さあ、上から……」

暴発してしまう前に千代の手を引いて促《うなが》すと、彼女もチュパッと口を引き離して、そのまま前進してきた。

千代は多少ためらいながらも、すでに経験しているので彼の股間に跨がり、上から先端を陰戸に受け入れていった。

腰を沈めると、唾液にまみれた一物がヌルヌルッと滑らかに柔肉の奥へ呑み込まれた。

「アアッ……!」

千代が顔を仰け反らせて喘ぎ、キュッときつく締め上げてきた。

新九郎も肉襞の摩擦とヌメリ、熱いほどの温もりと締め付けを感じながら快感を嚙み締めた。

千代も股間を密着させ、上体を起こしていられないようにすぐにも身を重ねてきた。新九郎は下から両手を回して抱き留め、僅《わず》かに両膝を立てて温《ぬく》もりと感触を味わった。

力が抜けてもたれかかってきた千代を抱いて押さえつけ、彼はズンズンと小刻みに股間を突き上げはじめた。すると溢れる淫水で律動が滑らかになり、クチュクチュと湿った摩擦音が聞こえてきた。

「ああ……、殿……」

「痛くはないか」

「気持ちいい。どうか、もっと強く奥まで突いて下さいませ……」

言うと、千代もすっかり快感に目覚めて答え、突き上げに合わせて自分からも腰を遣いはじめた。

喘ぐ口に鼻を押し込んで嗅ぐと、熱く湿り気ある吐息は花粉のように甘く、鼻腔に引っかかるような刺激を含んで胸に沁み込んできた。以前は少女の面影を残し、甘酸っぱい匂いがしていたが日々成熟し変化しているのだろう。

新九郎は動きながら、千代のかぐわしい口の匂いで鼻腔を満たしてから、唇を重ねて舌をからめた。

「ンン……」

千代も熱く鼻を鳴らし、ネットリと舌をからめてきた。新九郎は美女の唾液と吐息に酔いしれ、突き上げを速めていった。

「もっと唾《つば》を……」

囁くと千代も懸命に唾液を分泌《ぶんぴつ》させ、小泡の多い粘液をトロトロと口移しに注《そそ》ぎ込んでくれた。新九郎は味わってから喉を潤し、甘美な悦《よろこ》びで胸を満たしていった。

「顔中にも……」

さらにせがむと、千代は熱い息を弾ませながら彼の鼻筋や頬に唾液をクチュッと垂《た》らし、舌で大胆に塗り付け、顔中をヌルヌルにしてくれた。

初音の術が効いていなかったら、まず絶対にしてくれない、はしたない行為であろう。

しかし今は淫《みだ》らな行為が自らの興奮と快感を高め、千代は舌を這わせながら粗《そ》相《そう》したかと思えるほど大量の淫水を漏《も》らして腰を動かした。

新九郎は、美女の生温かな唾液と甘い息の匂いに包まれ、激しく動いた。

「アア……、と、殿……！」

千代も絶頂を迫らせたように口走り、膣内の収縮を活発にさせた。

もう限界である。新九郎は摩擦《まさつ》快感と美女の匂いの中、とうとう大きな絶頂を迎えてしまった。

「く……！」

動きながら、突き上がる快感を全身で受け止め、彼はありったけの熱い精汁をドクンドクンと勢いよく柔肉の奥にほとばしらせ、奥深い部分を直撃した。

「あう……、い、いいッ……！」

噴出を感じた途端に千代も口走り、そのままガクガクと狂《くる》おしい痙攣《けいれん》を開始して気を遣ってしまった。

新九郎は下から股間をぶつけるように突き動かし、亀頭の雁首《かりくび》を擦る襞に酔いしれながら、心置きなく最後の一滴まで出し尽くしてしまった。

やがて、すっかり満足した彼は徐々に突き上げを弱めてゆき、千代の重みと温もりを受け止めながら力を抜いていった。

「ああ……」

千代も声を洩らし、肌の硬直を解きながらグッタリと体重を預けてきた。

彼は抱き留めながら、まだ収縮する膣内に刺激され、ヒクヒクと内部で幹を撥《は》ね上げた。

「あうう……、もうご勘弁《かんべん》を……」

力尽きている千代が、やはり敏感に反応しながら呻き、キュッときつく締め上げてきた。

新九郎は千代の口に鼻を押しつけ、甘い刺激の息を胸いっぱいに嗅ぎながら、うっとりと快感の余韻《よいん》を味わったのだった。

そして互いに重なったまま荒い息遣いを繰り返していると、襖《ふすま》が開いて静かに初音が入ってきた。

千代も気づき、そろそろと股間を引き離してゴロリと横になると、初音が懐紙で陰戸を拭《ぬぐ》い、濡れた一物も包み込むようにして丁寧《ていねい》に処理してくれた。

「たいそう心地よかったようですね。この分なら命中したのでは」

初音が、満足げにしている千代に囁き、掻巻《かいまき》を掛《か》けてやった。

新九郎は身を起こして下帯を着け、着物を着た。千代は、このまま午睡《ごすい》するようで、彼は寝所を出て客間へと戻った。

少し休息すると、花が昼餉を運んできた。

「先ほどは、大変に失礼を致しました」さっきの失態を詫《わ》びるため、自分から配膳《ぜん》を置いて、深々と平伏して言う。

「ああ、ただの渡世人《とせいにん》ですんで構いやせん」

「そんな……、では、また後ほど参ります」

花はもう一度辞儀をして部屋を出て、新九郎は腹ごしらえをしながら、今後のことをあれこれ考えた。

もう挨拶《あいさつ》と顔見せも済んだのだから、今日にも出立したいのだが、小夜との約束もあるので、今しばらくは逗留《とうりゅう》するつもりだった。

食事を終えて休息していると、空膳を下げにまた恐る恐る花が入ってきて、茶を淹《い》れてくれた。

「お花さんは、どこから奉公に？」

「神田の呉服屋の娘です。お武家に見初《みそ》められて嫁に行くことが決まったのですが、しばらくはここで修業を」

「なるほど」

町家から武家へ嫁ぐのなら、いろいろと仕来りを学ばなければならない。そして便宜《べんぎ》上、当家の家老あたりがいったん養女にしてから嫁ぐのだろう。

「どうして、お殿様の弟様が渡世人に」

花は気になるようだ。もともと活発で物怖じせず、好奇心もいっぱいの明るい娘なのだろう。

「ただの酔狂でやす。気ままな旅が性《しょう》に合ってるんで」

新九郎は答えた。武家を嫌がって飛び出すものもいれば、町家からわざわざ堅苦しい武家へ嫁ぐ娘もいるのだと思った。

三

「あの、お武家の男の人って、どういうものでしょうか……」

花が恐る恐る訊《き》いてきた。町家の娘では、手習いの仲間に訊いても分からないだろうし、武家にも訊きにくいだろう。

そのてん新九郎は元武家の渡世人だから、あらゆる世界を知っていると思ったようだった。

「お相手は、どのような?」

花が言う。

「お旗本の次男坊ですが、書物《かきもの》奉行のお家へ夫婦養子に入るのです」

書物奉行なら二百石ぐらいで閑職《かんしょく》、厄介《やっかい》な役目ではないだろう。

「そうですかい。武家といっても人によりやすので」

「二十歳《はたち》になる、大人しくて礼儀正しい方です。以前よりうちのお得意だったので、親御さんともども丁寧に挨拶に見えられました」

「ならば、旦那様の言う通りにしていればよろしいかと」

「でも……」

花が俯《うつむ》いてモジモジした。

「何か心配事でもありやすか」

「実は手習いの仲間に、こっそり春本を見せてもらうと、いろいろなことをするのですね」

「いろいろとは、交接の前にすることですかい」

「ええ……、春本には、あそこを舐め合ったりすると描かれていたけれど、するのでしょうか……」

花は、耳たぶまで染めて言った。

「それこそ、人によりやす」

「新吾様も……？」

花は、厨で佐枝が言ったことを覚えていたか、あるいは初音に彼の名を聞いたようだった。

「ええ、淫気の強い男は必ず舐めるでしょうし、あっしも。でも旦那になる方がそうとは限りません。まして真面目《まじめ》なお武家ならば。で、お花さんはどうなんですかい？」

新九郎が訊くと、さらに花はモジモジし、甘ったるい匂いを揺らめかせた。

羞恥心《しゆうちしん》は激しいが、好奇心もあり、あるいは相手がそうした行為をしてくれることを期待しているのかも知れない。

「ただ入れられるだけでは痛いでしょうね。恥ずかしいのを我慢すれば、充分に濡れて交接は痛くないし、心地よさも大きいでしょう。もし何もしない方ならばあらかじめ自分でいじって濡らしておくのが良いかと。自分でオサネをいじったことは？」

「ええ……、少しは……」

訊くと、花は正直に答え、淫気に悶えるように両膝を掻き合わせた。

「試して差し上げやしょうか。もし舐める方なら、恥ずかしさに慣れておくのも良いかと」

「え……、でも、そんな……」

花がビクリと顔を上げて言ったが、脈ありと察した新九郎は部屋の隅の布団を敷《し》き延《の》べてしまった。千代と済んだばかりだが、新たな相手に淫気は満々になっているし、初音のことだから承知して、余人を寄せ付けないよう計《はか》らってくれるだろう。

「さあ、ここに寝て裾《すそ》を」

「こ、こんな明るいところで……」

「見られるのも慣れる稽古《けいこ》ですんで」

新九郎が手を引くと、花もためらいつつ布団に乗り、彼が裾をめくると健康的な脚をニョッキリと露わにさせて仰向けになった。

「ああ……、恥ずかしい……」

勝ち気そうな江戸娘が目を閉じ、脚を震わせて息を弾ませた。

新九郎は彼女の股を開かせて腹這い、顔を進めていった。ムッチリと張りのある内腿は色白で、股間からは熱気と湿り気が漂《ただよ》っていた。

見ると、ぷっくりした丘には案外に濃い恥毛がふんわりと茂り、丸みを帯びた割れ目からは桃色の花びらがはみ出していた。

指を当ててそっと左右に広げると、

「あう……」

触れられた花が小さく呻き、ビクリと内腿を震わせた。

中は綺麗な桃色の柔肉で、全体がヌメヌメと清らかな蜜汁に潤っていた。話をしただけで興奮し、溢れてしまったようで、かなり感じやすく濡れやすいたちのようだった。

無垢《むく》な膣口の襞が息づき、ポツンとした尿口もはっきり見え、包皮の下からは小粒のオサネが顔を覗《のぞ》かせて光沢を放っていた。

顔を埋め込み、柔らかな茂みに鼻を擦りつけて嗅ぐと、汗とゆばりの匂いが濃厚に鼻腔を掻き回してきた。やはり働き者で、誰より動き回っているので匂いも悩ましく彼の胸に沁み込んできた。

舌を這わせ、陰唇の内側に挿《さ》し入れると、やはりヌルッとした淡い酸味の蜜汁が迎えた。

舌先で膣口を掻き回し、オサネまで舐め上げていくと、

「アア……、い、いけません……」

花がビクッと顔を仰け反らせて喘ぎ、逆にきつく内腿でキュッと彼の両頬を挟み付けてきた。

新九郎はチロチロとオサネを舐め、溢れる淫水をすすり、さらに両脚を浮かせて尻の谷間にも鼻を埋め込んでいった。

可憐な薄桃色の蕾は綺麗に襞が揃い、秘めやかな微香が籠もっていた。

町娘の恥ずかしい匂いを貪り、舌を這わせてヌルッと潜り込ませると、

「く……」

花は、もう自分が何をされているかも分からないほど朦朧として呻き、肛門で彼の舌先を締め付けてきた。

新九郎は滑らかな粘膜を探るように舌を蠢かせ、再び脚を下ろして濡れた陰戸に戻っていった。

オサネに吸い付き、舌で愛撫しながら指を無垢な膣口に押し込むと、滑らかに奥まで吸い込まれていった。あるいはオサネだけでなく、指を入れるような自慰も経験しているのかも知れない。

「ああ……、き、気持ちいい……」

花は、次第に羞恥より快楽が増し、相手が藩主の弟ということも忘れて喘ぎ、ヒクヒクと下腹を波打たせて反応した。

新九郎は生娘《きむすめ》の匂いと味を貪り、小刻みに指を蠢かせて内壁を擦りながらオサネへの愛撫を続けた。

「い、いっちゃう……、アアッ……！」

すると花が声を上ずらせ、たちまち気を遣《や》ってしまった。ガクガクと狂おしく腰を撥ね上げて大量の淫水を漏らし、指をきつく締め付けながら何度も弓なりに反り返った。

やはり相当に感じやすいようで、やがて彼女がグッタリと力尽きると、新九郎も指を引き抜いて顔を上げた。

指は、攪拌《かくはん》され白っぽく濁《にご》った粘液にまみれ、花はまだヒクヒクと肌を痙攣させていた。

新九郎も我慢できず、帯を解いて下帯を脱ぎ去り、勃起した一物を露わにしながら、彼女の足に顔を移動させた。

可愛い足裏を舐め、指の股に鼻を割り込ませると、そこは汗と脂に湿ってムレムレの匂いが濃く沁み付いていた。

爪先をしゃぶっても、放心状態の花は反応しなかった。

新九郎は両足とも味と匂いを堪能してから、やがて添い寝していった。

「気持ち良かったですかい」

「ええ……、とても……」

囁くと、花がとろんとした薄目で小さく答え、まだたまにビクッと肌を震わせていた。

彼は花の手を握り、強《こわ》ばりに導いた。

すると花もやんわりと汗ばんだ手のひらに包み込み、ニギニギと動かしてくれた。新九郎も無垢な愛撫で最大限に勃起し、ヒクヒクと幹を震わせて快感を味わった。

顔を押しやると、花も素直に移動し、握っているものを間近に見た。

「これが入るのですか……」

「充分に濡れているので大丈夫かと」

言いながら先端を突き出すと、花も屈《かが》み込んで、ためらいなくチロリと鈴口の粘液を舐め取ってくれた。強烈な春本を見たのだから、そうした愛撫も自然に出来たのだろう。

さらに張りつめた亀頭を含み、モグモグと奥まで呑み込んでくれた。

熱い息が股間に籠もり、新九郎は無垢な町娘の口の中で幹を震わせた。

花も次第に大胆に、笑窪《えくぼ》の浮かぶ頬をすぼめて吸い付き、クチュクチュと舌をからめはじめてくれたのだった。

四

「ああ……、気持ちいい……」

新九郎がうっとりと喘ぐと、花も嬉しいようで、舌の蠢きと吸引を強めてくれた。たちまち肉棒は無垢な唾液に生温かくまみれ、絶頂を迫らせた幹がヒクヒクと震えた。

それにしても、昼前に一国の正室、しかも兄嫁と交わり、すぐ昼過ぎに町家の生娘を抱くとは何と恵まれたことであろうか。

そして大名でも町家でも変わらず、味や匂い、感触などは似て、どちらも魅惑《みわく》的であった。

やがて新九郎が彼女の手を引くと、花も口を離して前進してきた。

そして彼は、さっき千代にさせたように茶臼《ちゃうす》（女上位）で跨《また》がらせた。

「嫌でなければ試しておくんなさい」

「ええ……、してみたいです……。でも、上からで良いのですか……」

誘うと花はためらいがちに言いながら、新九郎が股間を突き上げているので、すぐにも自らの唾液にまみれた先端を陰戸に押し当てた。

息を詰め、ゆっくり腰を沈み込ませていくと、ヌメリと重みに助けられ、一物はヌルヌルッと滑らかに根元まで嵌《は》まり込んでいった。

「あう……！」

花が眉《まゆ》をひそめ、顔を仰け反らせて呻きながら、キュッときつく締め上げてきた。新九郎も、心地よい襞の摩擦と狭い肉壺《にくつぼ》の温もりに包まれながら快感を嚙み締めた。

彼女は股間をピッタリと密着させて座り込み、しばし杭《くい》に貫《つらぬ》かれたように硬直していた。

新九郎が手を伸ばして帯を解こうとしたが、それでも花は途中から自分で脱いでゆき、胸元を寛《くつろ》げて身を重ねてきた。彼は顔を上げ、はみ出した乳首に顔を埋め込んで乳首に吸い付いた。

薄桃色の清らかな乳首はコリコリと硬くなり、膨らみは案外豊かで顔中に密着してきた。

新九郎は膣内で幹をヒクつかせながら左右の乳首を含んで舐め回し、さらに乱れた襦袢《じゅばん》の中に潜り込んで腋の下にも鼻を埋めた。和毛は生ぬるく湿り、嗅ぐと何とも甘ったるい汗の匂いが悩ましく鼻腔を満たした。

新九郎は両手で抱きすくめ、様子を探るように小刻みにズンズンと股間を突き上げはじめた。

「アア……」

鼻が熱く喘ぎ、それでも大量の潤いですぐ動きが滑らかになった。

「痛いですかい、止《よ》しやしょうか」

「いいえ、平気です。どうか最後まで……」

囁くと、花も初めての経験に興奮し、少しずつ腰を遣いはじめた。

クチュクチュと湿った摩擦音が聞こえ、溢れる淫水が彼のふぐりから肛門の方にまで伝い流れてきた。

新九郎は快感を味わいながら、下から花の唇に迫った。桜ん坊のようにぷっくりした唇が開き、八重歯《やえば》のある歯並びが覗いていた。

彼女の口から洩れる息は熱く湿り気を含み、果実のように甘酸《あまず》っぱく可愛らしい匂いが濃厚に彼の鼻腔を刺激してきた。

野山の香りのする野趣溢れる初音とは微妙に違い、これが活発な江戸娘の匂いなのだろう。

唇を重ね、舌を挿し入れて滑らかな歯並びを舐めると、花も舌を触れさせて、チロチロと滑らかにからみつけてくれた。

新九郎は生温かく清らかな唾液と舌の感触を味わい、果実臭の息を嗅ぎながら突き上げを激しくさせてしまった。

「ンンッ……!」

花が呻き、反射的にチュッと強く彼の舌に吸い付いた。

さらに彼が花の口に鼻を擦りつけると、彼女も厭《いと》わずヌラヌラと舐め回してくれた。

新九郎は、可憐な吐息と唾液の匂いで鼻腔を満たし、生温かな唾液にヌラヌラとまみれながら絶頂を迫らせていった。

「い、いく……!」

たちまち彼は昇り詰め、大きな快感の中で口走った。

同時に、熱い大量の精汁がドクンドクンと勢いよく柔肉の奥にほとばしった。

「あ、熱い……」

花も噴出を感じて言い、まるで飲み込むようにキュッキュッときつく締め付けてきた。

新九郎は、大きな快感の中で心置きなく最後の一滴まで出し尽くし、満足して徐々に突き上げを弱めていった。花も間もなく嫁ぐようだから、仮にこれが命中しても新郎の子と思われるだろう。

何やら彼は、見も知らぬ旗本の次男坊に申し訳なく思ったが、花も夢中になって股間を擦りつけていた。恥毛が入り混じり、コリコリと恥骨の膨らみまで伝わってきた。

まだ気を遣るには到らないし破瓜《はか》の痛みもあるだろうが、それ以上に花は初めて男と一つになった興奮がいつまでも覚《さ》めないようだった。

新九郎は締まりの良い膣内でヒクヒクと幹を過敏に震わせ、花の吐き出す甘酸っぱい息を嗅ぎながら、うっとりと快感の余韻を味わった。

彼女も力尽きたように、肌の硬直を解いてグッタリと体重を預け、荒い呼吸を繰り返していた。

やがて、渡世人とはいえ元武士で藩主の弟にいつまでも乗っていては悪いと思ったか、花はそろそろと股間を引き離し、それでも力が入らず起き上がれないままゴロリと横になった。

入れ替わりに新九郎が身を起こし、懐紙で手早く一物を拭ってから、生娘でなくなったばかりの花の股間に潜り込んだ。

しかし膣口から逆流する精汁に、ほんの少し血が混じっているだけで、大した出血ではなかった。

優しく拭ってやると、花は健気《けなげ》に自分で処理をし、ようやく身を起こした。

「大丈夫ですかい」

「ええ……、まだ何か入っているようだけれど、嬉しかったです……」

訊くと花が答え、後悔していない様子なので彼も安心したものだった。

互いに身繕《みづくろ》いをし、花は髪を直した。

「でも、旦那様はあれこれするでしょうか……」

「とにかく、されるままじっとしているのが一番でしょう。もし、してくれなくても自分から求めちゃいけやせんぜ」

「ええ、分かってます」

「どうしても淫気が溜《た》まったら、自分でこっそりしておくか、それとなく誘いをかけられれば良いでしょうが」

新九郎は言ったが、とにかくどういう相手か分からないので、それ以上は何とも言えなかった。

「じゃ、私戻りますね」

花は言って注意深く空膳を持ち、静かに部屋を出て行ったのだった。

五

「まだ出来ますよね。眠くありませんでしょう？」

初音が、新九郎の部屋に来て言った。

花と済ませてから、新九郎は着流しで少し神田の町を散策して藩邸に戻り、風呂と夕餉を済ませ、あとは寝るばかりとなったところだった。

「ああ、もちろん」

「では、もう一度千代様のお部屋に」

初音が言い、新九郎は拍子抜けした。

「初音としたかったのだが」

「お屋敷にいる間は、少しでも多く千代様の中にお出し下さいませ」

彼女は言い、寝巻姿の新九郎を促した。

「ならば、初音も一緒に三人でしよう」

「はい、構いません」

初音が承知してくれると、新九郎も激しい淫気に見舞われながら部屋を出た。

もちろん千代を抱くのは嫌ではないし、初音はまた今後とも旅に同行してくれるだろうから、いくらでも機会はあろう。

やがて誰にも行き合わずに彼は千代の寝所に入った。

初音が、また術をかけているから、千代は新九郎を夫の高明と思い込んでいるだろう。

「ああ、殿……」

昼前にしたというのに、千代は新九郎を見ると顔を輝かせながら言い帯を解きはじめた。

新九郎も初音も全て脱ぎ去り、まずは彼が布団に仰向けになると、美女二人が彼を挟むように左右から添い寝してきた。

「では、二人でして殿に喜んでもらいましょうね」

初音が言って彼の乳首に吸い付くと、まるで操られるように千代も、もう片方の乳首に唇を押し付けてきた。

「ああ……」

最初から受け身になり、新九郎は二人からの愛撫に喘いだ。

左右の乳首が美女たちに舐められ、熱い息が肌を撫で、特にチュッと強く吸われた。

そして初音がキュッと歯を立てると、まるで心が通じているかのように千代も同じように噛んでくれるのだ。

「もっと強く……」

新九郎は甘美な刺激に身悶えて言い、二人も綺麗な歯で乳首を愛撫した。

さらに脇腹を舌と歯で這い下り、腰から太腿、脚を舐め降りていった。

新九郎は、二人に食べられているような興奮に包まれて激しく勃起した。

両足の裏にも舌が這い、爪先が含まれると妖《あや》しい快感に包まれた。

二人は指の股にも順々に舌を割り込ませ、たちまち彼の爪先は清らかな唾液に生温かくまみれた。

ようやく二人が口を離すと、彼を大股開きにさせて、脚の内側を左右から舐め上げてきたのだった。

内腿にも舌が這い、綺麗な歯並びがキュッと食い込むと、新九郎は快感に身悶え、期待に肉棒が上下した。

すると先に初音が彼の両脚を浮かせ、尻の谷間をチロチロと舐め、ヌルッと潜り込ませてきた。

「く……」

新九郎は妖しい快感に呻き、初音の舌を肛門で締め付けた。

彼女が中で舌を動かし、やがて引き離すと、すぐにも千代が舐め回し、同じように侵入させた。

微妙に感触の異なる舌を味わい、彼はモグモグと肛門を締め、内側から刺激された肉棒を震わせた。

脚が下ろされると、二人は頬を寄せ合って彼の股間に顔を埋めて熱い息を籠もらせ、ふぐりを舐め回してくれた。それぞれの睾丸を舌で転がし、優しく吸い、袋全体が混じり合った唾液にまみれた。

新九郎は強烈な快感に息を弾ませ、鈴口から粘液を滲ませた。

さらに二人が前進し、とうとう肉棒の付け根から舐め上げてきた。

裏側と側面に美女たちの舌が這い、先に初音が先端に達して鈴口の粘液を舐めると、千代も割り込むようにしてチロチロと拭い取ってくれた。

そして代わる代わる亀頭にしゃぶり付き、スッポリと根元まで呑み込んでは、吸い付きながらチュパッと引き離し、それが交互に繰り返された。

「ああ、気持ちいい……」

新九郎もクネクネと腰をよじりながら喘ぎ、あまりの快感に、もうどちらの口に含まれているかも分からなくなってしまった。

「も、もういい……」

絶頂を迫らせながら新九郎が言い、初音を引き寄せると、二人も口を引き離してくれた。

彼は先に初音を顔に跨がらせ、腰を抱き寄せて真下から割れ目に顔を埋め込んだ。柔らかな茂みに鼻を擦りつけ、汗とゆばりの匂いをうっとりと嗅ぎながら陰唇の内側に舌を挿し入れると、すでに柔肉はネットリとした生ぬるい蜜汁にまみれていた。

「アア……、いい気持ち……」

初音が顔を仰け反らせて喘ぎ、新たな淫水を漏らしてきた。

新九郎はオサネに吸い付き、充分に初音の匂いを味わってから尻の真下に潜り込み、顔中に双丘を受け止めながら谷間の蕾に鼻を埋めて嗅いだ。

秘めやかな微香が籠もって胸に沁み込み、舌を這わせてヌルッと潜り込ませ、滑らかな粘膜も味わった。

「あう……、わ、私よりも、千代様に……」

初音がキュッと肛門で舌先を締め付けて言い、快楽を振り切るように股間を引き離していった。

入れ替わりに千代が跨がり、初音に支えられながら厠《かわや》のようにしゃがみ込んできた。新九郎は同じように恥毛に鼻を擦りつけて嗅いだが、こちらは初音と違い湯上がりの香りがしているだけだった。

それでも蜜汁の量は初音に負けないほど溢れ、彼は淡い酸味のヌメリを貪り、膣口からオサネまで舐め上げた。

「アア……、も、もっと……」

千代も貪欲に快楽を求めて喘ぎ、グイグイと陰戸を押し付けてきた。

新九郎は尻の谷間にも顔を埋め、舌を這わせて蕾に潜り込ませた。

「く……、変な気持ち……」

千代が肛門を締め付けて呻き、滴《したた》る淫水で彼の鼻先を濡らした。

そして再びオサネに戻ると、千代も果てそうになるのを避けようと、ビクリと股間を引き離してしまった。

新九郎は二人の足首を摑《つか》んで顔に引き寄せたが、やはり千代は匂いが淡く物足りず、蒸れた匂いのする初音ばかり愛撫してしまった。

やがて足を離すと再び二人に添い寝させ、左右から乳房を抱き寄せた。

それぞれの乳首を順々に含んで舐め回し、顔中で柔らかな膨らみを味わい、腋にも鼻を埋めて和毛に籠もった汗の匂いを貪った。

すると先に初音が跨がり、先端を陰戸に受け入れて座り込んできた。

「アア……、いいわ……」

初音が顔を仰け反らせて喘ぎ、キュッと心地よく締め付けてくれた。

新九郎も肉襞の摩擦と温もりを味わいながら、あまりの快感に暴発しないように気を引き締めた。

何しろ、千代の内部に放つのが目的なのである。だから初音も激しく動くようなことはせず、肉棒にヌメリを与え、彼の淫気を高めるにとどめた。

「さあ、すっかり準備は整いましたので、もうよろしいかと」

初音が言い、そっと股間を引き離して千代の身体を支えた。そして跨がった千代の陰戸に先端を押し当てると、すぐに彼女も腰を沈め、ヌルヌルッと一気に根元まで受け入れていった。

「ああ……、いい気持ち……」

千代も、すっかり快楽に目覚めて喘ぎ、味わうようにキュッキュッと締め付けてきた。そして上体を起こしていられないように身を重ねてきたので、新九郎が抱き留めると初音も添い寝してきた。

千代の陰戸は潤いが充分で、締め付けも最高だった。

新九郎もズンズンと小刻みに股間を突き上げて肉襞の摩擦を味わい、下から千代の唇を求めた。

横からは初音も顔を寄せ、自然な感じで三人は舌をからめた。

新九郎は、それぞれの滑らかな舌を舐め回し、生温かく混じり合った唾液をすすり、かぐわしい吐息で鼻腔を満たした。

千代の花粉臭の息と、初音の果実臭の息が鼻腔で混じり合い、悩ましい刺激が胸に沁み込んできた。

「唾を出して……」

高まりながら囁くと、先に初音が唇をすぼめ、クチュッと唾液の固まりを吐き出してくれた。すぐに千代も同じようにし、彼は小泡の多い混じり合った粘液を味わい、うっとりと喉を潤した。

「顔中にも……」

さらにせがむと、初音が彼の鼻の頭や頬に舌を這わせ、千代も真似《まね》をして舐め回しはじめた。

「ああ……、いきそう……」

新九郎は、二人の滑らかな舌の感触と生温かな唾液のヌメリ、二人分の息の匂いに高まって喘いだ。

股間の突き上げを激しくさせると千代の呼吸も熱く弾み、とうとう彼女の方が先に気を遣ってしまい、ガクガクと狂おしい痙攣を開始したのだった。

「き、気持ちいい……、アアーッ……!」

千代が声を上ずらせて喘ぎ、膣内を収縮させながら激しく悶えた。

締め付けと温もりの中、続いて新九郎も絶頂に達してしまい、大きな快感とともにありったけの熱い精汁を勢いよく注入した。

「あう……」

噴出を感じると、千代は駄目押しの快感を得たように呻き、さらにきつく締め上げてきた。

新九郎は心ゆくまで快感を味わい、最後の一滴まで出し尽くしていった。

そして満足しながら突き上げを弱めていくと、千代も強ばりを解いてグッタリともたれかかってきた。

「ああ……、良かった……、殿……」

千代はヒクヒクと肌を痙攣させながら息を震わせて言い、なおも膣内を収縮させた。その刺激に新九郎自身も幹を震わせ、二人分のかぐわしい息を嗅ぎながらうっとりと快感の余韻を嚙み締めたのだった。

「さ、千代様……」

呼吸が整う頃合いを見て初音が言い、千代を支えて股間を引き離させた。

初音が懐紙で一物を拭ってくれ、千代の濡れた陰戸も処理すると、新九郎は身を起こして寝巻を着た。

「では、部屋に戻る」

「あ、おやすみなさいませ……」

新九郎が言うと、慌てて起き上がり身繕いした千代が膝を突き、深々と頭を下げて言った。

千代が横になると、初音が掻巻を掛け、新九郎も寝所を出て行った。

そして自分の部屋に戻ると布団に入った。彼は花も千代も、それぞれの夫の代わりに情交しているという、心地よい余韻の中で眠りに就いたのだった。

第六章　思いを残して旅の空へ

一

「ええ、私の実家である喜多岡家からの書状で事情は分かっております。いろいろとお疲れ様でしたね」

佐枝が言い、来訪した小夜と綾香は深々と辞儀をした。何しろ中田藩や小田浜藩よりも、遥《はる》かに格上の前林家、先代の正室である。

今日は中田家から使いが来て、礼に伺《うかが》いたいと言うので佐枝が快《こころよ》く応じたのであった。

小夜と綾香は中田藩の藩邸から、豪華な乗り物で前林家へやって来た。もっとも双方の屋敷は歩いても、ものの四半刻（約三十分）足らずで着いてしまう程度の距離にある。

新九郎も同室で、佐枝の隣に着流しで座していた。

そのことを多少怪訝《けげん》に思いながらも、綾香が新九郎に言った。

「あれから、すぐにも上屋敷の重役が殿の命を受け、国家老の不正をただすため船で中田へ向かいました。そして北町奉行の遠山様が引き立ててきた不逞《ふてい》の藩士たちは、屋敷内で切腹と相成《あいな》りました」

「左様《さよう》ですかい。では万事治まったわけでやすね」

「はい、そのうえ江戸家老のご子息と、小夜姫様の婚儀も整いました」

「それは、おめでとう存じやす」

新九郎は、小夜の方にも頭を下げて言った。江戸家老は、以前から息子と小夜を娶《めあわ》せたいと思っていたようで、しかも早く婚儀を済ませれば国家老も諸々の画策を諦《あきら》めると踏《ふ》んだのかも知れない。

「次の吉日にも婚儀を」

「それは急でござんすね」

言うと小夜もモジモジと俯《うつむ》いたので、相手のことも気に入ったようだった。

「では新吾さん、小夜姫様に初めての江戸をご案内して差し上げて」

佐枝がにこやかに言うと、綾香と小夜はとうとう疑問を口にした。

「あの、新吾様というのは、新九郎様のことでしょうか……」

「ええ、私の子ですが、新九郎などと名乗って渡世人《とせいにん》になるという変わり種で」

「で、では今のお殿様の弟君……？」

綾香が言い、小夜も目を丸くして彼を見つめた。

「へえ、まあそういうことでして……」

新九郎は、包み隠さずに何でも話してしまう天真爛漫《てんしんらんまん》な佐枝に苦笑しながら答えた。

「そ、それは、知らぬこととはいえ……」

綾香が手を突くと、小夜も一緒に平伏した。しかし、濃厚な情交は何度もしたが、二人は何一つ彼に無礼などしていない。ただ要求されるまま顔に跨《また》がったりゆばりを放ったりしただけである。

「どうかお気になさらず。屋敷を出ればただの旅ガラスでござんすから」

新九郎は言い、やがて佐枝に促《うなが》されて三人は外へ出た。

そして外で待っている乗り物に綾香は、心配せず屋敷へ帰るように言いつけてから歩き出した。

屋敷を出ると、すぐに腰元姿の初音が案内してくれた。

「あの、どこかで……」

「ええ、旅のお供は鳥追いの姿でした」

「まあ……！」

初音が答えると、綾香と小夜はまた目を丸くした。

そして初音に案内され、一行は近くにある神田明神《みようじん》へ行ってお詣《まい》りした。

境内《けいだい》には出店や見世物があって賑《にぎ》やかで、四人は茶店で休憩した。まだ綾香と小夜は、新九郎の正体に興奮が去らないようだった。

「おう、綺麗どころを揃《そろ》えてやがるな。酌《しやく》のため少し借りるぞ」

と、昼間から酔っている若い武士たちが言って迫《せま》ってきた。

「無礼な、この方をどなたと」

綾香が憤然《ふんぜん》として立って言ったが、新九郎は袂《たもと》を引っ張って制した。

「せっかく綺麗どころと一緒なんで、邪魔しないでおくんなさい」

「なに、貴様！　直参旗本を何と心得るか」

男たちが言って鯉口《こいぐち》を切った。どうやら役職もなく、暇《ひま》を持て余している次男三男らしい。

新九郎は丸腰だが、初音が目を光らせて湯飲みを握《にぎ》った。いざとなれば顔に茶を浴びせかけ、当て身を行う構えなのだろう。

しかし、奥から着流しの男が二人現れた。

「おう、喧嘩《けんか》なら俺たちが相手だぜ。こっちも直参旗本だがね」

「き、金……」

新九郎は絶句した。誰より暇もないであろう北町奉行が、今日は遊び人ふうの風体《ふうてい》でここにいるのだ。もう一人は四十歳になる勝小吉である。

二人は余裕のあるときは、こうして庶民に入り混じって視察をしているのかも知れない。

「な、何者だ、貴様ら！」

三人いる若侍たちは、貫禄《かんろく》負けして気を呑《の》まれながらも虚勢を張った。

「俺は北町奉行、遠山金四郎景元ってもんだ。このお方は島田《しまだ》道場の勝小吉先生よ。名前ぐれえ知ってるだろ」

「な、何……」

「そしてこのお方は」

と、綾香が立ち上がって胸を張った。

「前林藩十万石ご藩主の弟君なるぞ！」

得意げに言い放ち、新九郎だけは座ったまま苦笑した。

「いいか、昼間っから酒飲んで悶着《もんちゃく》を起こす前に、国の行く末を考えろよ。紋所は覚えたぜえ」

小吉が睨《にら》み付けて言うと、三人は目を白黒させながら尻込みし、何が何だか分からない顔つきで足早に立ち去ってしまった。

「おい、本当かい。前林家ってのは」

「やっぱり、そういう素性を持ってたか。どうもただの旅ガラスじゃないと思ってたんだ」

小吉と金四郎が言い、縁台に座った。

「いいえ、もう家を離れてやすんで。それよりお奉行様、品川ではお世話になりやした」

「まあ、あの時の……」

新九郎の言葉に、綾香と小夜も思い出して、また驚いていた。

「え、江戸は、そういうお方ばかりなのでしょうか……」

「あはは、一筋縄じゃいかねえ野郎がうようよいるぜ」

小吉が言い、新たな団子を頼んだ。

「私どもは中田藩の」

「ああ、いいよ。いちいち名乗らなくて」

綾香が言いかけると、小吉が手を振って言った。

「では、あっしどもはこれで失礼いたしやす。お助け頂き有難《ありがと》う存じやした」

新九郎は二人に言い、やがて四人は立ち上がって辞儀をし、そのまま明神の境内を出た。

すると綾香が新九郎に耳打ちした。

「あの、小夜様がどうにも新九郎様と……」

言うなり、小夜も頰《ほお》を染めてモジモジと俯いて歩いた。

「どこかに、そうした場所はないものでしょうか」

綾香が言うと、すぐに初音が振り返った。

「ようちの重役たちが談合に使う待合がありますよ。すぐそこですので、話を通しておきましょう」

初音が言うと、全て見通されていると感じたか、綾香までモジモジとして彼女に従った。

境内を出て裏道を行くと、待合にしては大きな建物があり、初音が訪うとすぐに女将《おかみ》が出てきて、何か話して戻ってきた。

「さあ、一刻（約二時間）ばかり離れが借りられましたのでどうぞ。綾香さんは私と芝居にでも行きましょう」

初音が段取り良く言い、綾香を誘って歩き去ってしまった。

「では」

新九郎が促すと小夜も頷《うなず》いて従い、女将の待っている待合に入っていった。

「こちらです。どうぞ、お帰りの時だけお声をおかけ下さいませ」

初老の上品な女将が二人を離れへ案内してくれ、すぐに引き上げていった。

中も広いので、密会ばかりでなく、初音が言った通り武士の談合などにも使うようだった。

しかし部屋には二つ枕の床《とこ》が敷き延《の》べられ、枕元には懐紙も用意されて淫靡《いんび》な雰囲気であった。

「こ、このような場所があり安堵《あんど》いたしました……」

小夜が、密室に入るとほっとしたように言った。確かに旅の途中とはわけが違い、双方の屋敷で情交するわけにもいかない。

「ご婚儀が決まったのに、良いのでしょうか」

新九郎は、花を思い出して言った。

どうにも彼は、相手が決まっている女と縁を持つ星があるようだった。

「ええ、新九郎様に、私の中で最後までして頂くのが望みでしたから……」

小夜が、甘ったるい匂いを揺らめかせて言う。では婚儀も近いので、もう中で放ち、たとえ孕《はら》んでも構わないというのだろう。

今まで小夜と交接はしたが、綾香に止められて中で射精していなかったため、新九郎は急激に淫気《いんき》を催《もよお》して股間が熱くなってきてしまった。

二

「でも、お気持ちの方は大丈夫でござんすか。旦那様があれこれしない方だと、今後物足りなくなるのでは」

新九郎は、花のときと同じような心配を抱いて言った。大名の姫でも町家の娘でも、気持ちは全く同じであろう。

「はい、どうなろうと決めたことですから後悔は致しません。むしろ、新九郎様と最後までしないと一生後悔しそうですので……」

小夜が、淫気を抱きつつ強い決心をして言った。

「分かりやした。ではお脱《ぬ》ぎ下さいやせ」

新九郎は言い、手早く帯を解いて着物と襦袢《じゆばん》を脱ぎ、下帯を取り去って全裸になると、先に布団《ふとん》に仰向《あおむ》けになった。

小夜も、もうためらいなくシュルシュルと帯を解いて着物を脱ぎ、座って足袋《たび》を脱ぐと、また立って襦袢と腰巻も脱ぎ去った。

「どうか、立ったままこちらへ」

新九郎は勃起しながら言い、小夜を顔の方に招いた。彼女も、今は綾香もいないので緊張気味で、二人きりの嬉《うれ》しさも隠せないように柔肌《やわはだ》を小刻《こきざ》みに震わせていた。

「あっしの顔に足を」

「まあ、そんな畏《おそ》れ多い……」

新九郎が彼女の足首を摑《つか》んで顔に引き寄せると、さすがに小夜も尻込みして言ったが、正体を知らない旅の途中ならば好奇心に駆《か》られ、求められるままにしていたが、今は勝手が違う。

「どうか、ただの旅ガラスですんで」

彼は言いつつ、彼女の足を顔に乗せさせてしまった。

「アア……」

小夜が壁に手を突いて身体《からだ》を支え、遥かに格上の大名の弟の顔を踏むことに声を震わせた。

新九郎は足裏を顔中に受け止めて舌を這《は》わせ、指の間に鼻を割り込ませて嗅《か》いだ。多少なりとも歩き回り、しかも酔漢にからまれたりしたから、そこは汗と脂《あぶら》にジットリ湿り、ムレムレの匂いが濃く沁《し》み付いていた。

胸いっぱいに嗅いでから爪先《つまさき》をしゃぶり、全ての指の股《また》を味わってから足を交代させた。

「ど、どうか、もうご勘弁《かんべん》を……」

小夜は立っていられないほど膝《ひざ》をガクガクさせ、哀願するように言った。

新九郎も彼女の両足首を摑んで顔を跨《また》がせ、手を引いてしゃがみ込ませた。

「ああ……、良いのでしょうか……、このようなこと……」

「ええ、お小夜様が決して旦那様にしないことを、このあっしだけにして欲しいんで」

彼は言い、小夜もとうとう厠《かわや》に入ったように、完全にしゃがみ込んだ。

白い脚がムッチリと張り詰《つ》め、すでに濡《ぬ》れはじめた陰戸《ほと》が鼻先に迫ってきた。

割れ目からはみ出した陰唇が僅《わず》かに開き、ヌメヌメと潤《うるお》いはじめている桃色の柔肉が覗《のぞ》いていた。

新九郎は腰を抱き寄せ、若草に鼻を埋めて生ぬるく可愛《かわい》らしい汗とゆばりの匂いを貪《むさぼ》り、舌を挿《さ》し入れて淡《あわ》い酸味のヌメリを掻《か》き回した。

そしてオサネまで舐《な》め上げていくと、

「アアッ……、し、新九郎様……」

小夜が熱く喘《あえ》ぎ、懸命に彼の顔の左右で両足を踏ん張った。

新九郎は尻の真下に潜《もぐ》り込み、谷間の可憐《かれん》な蕾《つぼみ》に鼻を埋め、生々しい微香を貪ってから舌を這わせ、ヌルッと潜り込ませた。

「く……！」

小夜が肛門を締め付けて呻《うめ》き、新たな淫水を漏《も》らしてきた。

以前と違い、彼の身分を知ったからなおさら羞恥《しゅうち》に加えて畏れ多さが快感を大きくしているようだ。

新九郎は充分に舌を蠢《うごめ》かせてから、蜜汁が大洪水になっている陰戸に戻って舌を這わせ、オサネに吸い付いた。

「ああ……、も、もう……」

小夜はしゃがみ込んでいられず、両膝を突いて喘いだ。

さらに彼がオサネを吸いながら濡れた膣口に指を挿《さ》し入れ、内部の天井を圧迫すると、

「あうう……、ダメ、漏れちゃいそう……」

小夜が声を震わせて言った。

「構わないので、どうかゆばりを」

新九郎が真下から言うと、小夜はビクリと内腿を震わせて息を詰めた。

「だって、ここでするなんて……、あう……」

指を蠢かされ、小夜は快感とともに急激に尿意を催したようだ。

彼は指を引き抜き、内部に舌を這わせて吸い付いた。

「す、吸うと出そう、本当に……、アア……」

か細く言いながら、小夜は柔肉を迫り出すように盛り上げ、味わいと温《ぬく》もりを変化させた。すると小夜はとうとう我慢できず、そのままチョロチョロと彼の口に放ちはじめてしまった。

新九郎は受け止めながら、淡い味わいと匂いを噛み締めて、夢中で喉に流し込んでいった。

仰向けなので噎《む》せないよう注意したが、流れは弱くて実に飲みやすかった。

一瞬勢いが増したが、そこですぐに流れは治まってしまった。

新九郎はポタポタ滴《したた》る余りの雫《しずく》をすすり、温かく濡れた割れ目内部を舐め回した。すると新たな蜜汁が湧《わ》き出して舌の動きが滑《なめ》らかになり、たちまち残尿は洗い流されて淡い酸味のヌメリが満ちた。

「ああッ……」

小夜は小さく気を遣ったように声を震わせ、そのまま突っ伏してしまった。

新九郎は添い寝し、乳首に吸い付いて舌で転がし、張りのある膨らみを顔中で味わった。

もう片方も含んで舐め回し、腋の下にも鼻を埋め、湿った和毛《にこげ》に籠もった甘ったるい汗の匂いで胸を満たした。

そして充分に味わうと、彼は小夜の顔に股間を突き出し、先端を可憐な唇に押し当てた。

「ンン……」

小夜も、朦朧《もうろう》としながら熱く鼻を鳴らして亀頭にしゃぶり付き、先端を舐め回しはじめてくれた。

そのまま喉の奥までスッポリと潜り込ませ、彼は小夜の生温かく濡れた口腔の感触に包まれた。彼女も幹を丸く締め付けて吸い、息で恥毛をそよがせながら次第に激しく舌をからめた。

やがて新九郎は充分に高まり、肉棒も小夜の清らかな唾液にまみれると、一物を引き抜いて移動した。

彼女はとても身を起こす力は出ないようなので、仰向けにさせて股を開かせ、本手《ほんて》（正常位）で股間を進めた。

先端を濡れた陰戸に押し当て、位置を定めてゆっくり挿入していくと、一物はヌルヌルッと滑らかに根元まで呑み込まれていった。

「あう……」

小夜が呻き、ビクリと肌を震わせたが、もちろん今までに何度も挿入しているから痛みはないようで、むしろ二人きりで最後まで出来るという期待に胸を高鳴らせているようだった。

新九郎は、心地よい肉襞の摩擦と潤い、熱いほどの温もりときつい締め付けを味わいながら、股間を密着させて身を重ねた。

胸で柔らかな乳房を押しつぶし、彼女の肩に手を回して唇を求めた。

ピッタリと唇を重ね、舌を挿し入れて滑らかな歯並びを舐めると、小夜も口を開いて受け入れ、舌をからめてきた。

新九郎は小夜の生温かな唾液をすすり、舌を探りながら小刻みに腰を突き動かしはじめた。

「ああ……」

小夜が苦しげに口を離し、顔を仰《の》け反《ぞ》らせて喘いだ。熱く湿り気ある息が、甘酸っぱく鼻腔を刺激し、悩ましく胸に沁み込んでいった。

「痛いですかい」

「いいえ、平気です。どうか最後まで……」

囁くと小夜が息を弾ませて答え、下から両手を回してしがみついてきた。

溢れる潤いですぐにも動きが滑らかになり、新九郎もあまりの快感に動きが止まらなくなってしまった。

次第に律動が激しくなると、小夜も無意識に股間を突き上げ、ピチャクチャと淫《みだ》らに湿った摩擦音も聞こえはじめた。

彼は動きながら小夜の喘ぐ口に鼻を押しつけ、唾液と吐息の混じった悩ましい匂いを感じると、もう我慢できず昇り詰めてしまった。

「い、いく……！」

新九郎は口走り、大きな快感に包まれながら、熱い大量の精汁をドクドクと勢いよく柔肉の奥にほとばしらせた。

今までは挿入して少し動いただけで綾香と交代していたので、最後まで出来るのは格別な快感であった。

「アアッ……！」

噴出を感じたように小夜が喘ぎ、キュッときつく締め付けてきた。

そしてヒクヒクと肌を震わせ、膣内の収縮も活発になったので、あるいは幼いなりに気を遣《や》っているのかも知れない。

新九郎は快感に任せ、股間をぶつけるほどに激しく動きながら、心置きなく最後の一滴まで出し尽くしてしまった。

花の時と同様、夫になる見知らぬ男に済まないと思いつつ、彼は満足しながら動きを止め、小夜にもたれかかっていった。

まだ息づくように膣内でヒクヒクと幹を過敏に震わせると、いつしか小夜も強《こわ》ばりを解いてグッタリと身を投げ出していた。新九郎は小夜の甘酸《あまず》っぱい息を間近に嗅ぎながら、うっとりと快感の余韻《よいん》に浸った。

「ああ、嬉しい……、とっても気持ち良かった……」

小夜も呼吸を整えながら言い、やがて新九郎は、そろそろと股間を引き離して添い寝していったのだった。

三

「失礼します。よろしいですか」

初音の声がし、襖《ふすま》が開いた。新九郎と小夜は、ようやく身繕《みづくろ》いを終えたところである。

「女将さんに言って通してもらいました。どうにも綾香様もお願いしたいということで」

初音が言い、後ろにいた綾香がモジモジと部屋に入って来た。

やはり、そろそろ新九郎が旅に出てしまうと察し、しかも品川では急に屋敷からの迎えが来てしまったので、綾香もすっかり淫気が高まっているのだろう。

もちろん新九郎に否やはない。

「じゃ小夜様、私と先にお屋敷へ戻りましょう」

初音が言うと、すっかり満足している小夜も素直に頷いて立ち上がり、二人で出て行った。新九郎は、相手が変わったので新たな淫気を湧かせ、着たばかりの着物をすぐ脱ぎ去った。

「小夜様の中で？」

綾香も帯を解きながら訊《き》いてきた。

「ええ、だいぶ良かったようで」

「そうですね。今の小夜様の顔つきで分かります。有難うございました。どうか私にもお願い致します」

綾香は言い、たちまち自分も一糸まとわぬ姿になって布団に横になった。

新九郎は添い寝せず、彼女の足の方に屈《かが》み込み、足裏に顔を押し付けて舌を這わせた。

「あう、そんなところから……」

綾香は驚いたように言って、ビクリと脚を震わせた。小夜以上に、新九郎の身分が気になるのだろう。

彼は指の股に鼻を押しつけ、ムレムレの匂いを貪り、汗と脂の湿り気を舐め回した。

「アア……、い、いけません……」

綾香が顔を仰け反らせて喘いだ。今までと違い、やはり身分を思って気が引けるようだった。

新九郎は構わず両足とも味と匂いが薄れるまでしゃぶり尽くし、やがて大股開きにさせて脚の内側を舐め上げていった。

白くムッチリした内腿を舐め、軽く嚙むと綾香がビクリと震え、あとは喘ぐばかりになった。

股間に迫って目を凝らすと、すでに期待に大量の蜜汁が大洪水になり、はみ出した陰唇と光沢あるオサネがヌメヌメと潤っていた。

「ああ……、ど、どうかそんなに見ないで……」

綾香が声を震わせて言った。今は小夜もいないので、快楽に集中できるのが嬉しいようで、見ている間にも溢れた淫水がトロリと肛門の方にまで滴りはじめていった。

新九郎は熱気と湿り気を顔中に受けながら、まず先に綾香の両脚を浮かせ、豊満な尻の谷間に迫り桃色の蕾に鼻を埋め込んで嗅いだ。今日も汗の匂いに混じって秘めやかな微香が籠もり、鼻腔を悩ましく刺激してきた。

充分に嗅いでから舌を這わせて襞《ひだ》を濡らし、ヌルッと潜り込ませて粘膜を探り執拗《しつよう》に内部で蠢かせた。

「く……、だ、駄目《だめ》、汚いですから……」

綾香は朦朧となって息を震わせ、モグモグと肛門で舌先を締め付けてきた。

新九郎は舌を出し入れさせるように動かしては、顔中に双丘を密着させて感触を味わった。

ようやく脚を下ろし、溢れる淫水を舐め取りながら陰戸に舌を挿し入れ、柔らかな茂《しげ》みに鼻を擦りつけた。隅々には甘ったるい汗の匂いと、ほのかに刺激的な残尿臭が入り交じって鼻腔《びこう》を掻き回し、彼はうっとりと胸を満たしながらオサネを舐め上げていった。

「あう、そこ、気持ちいいです……」

綾香も正直に口走り、内腿でムッチリと彼の顔を挟《はさ》み付けてきた。

新九郎ももがく腰を抱え込んで押さえ、執拗にオサネを吸い、溢れる蜜汁をすって味と匂いを楽しんだ。

「い、いきそう……、お願いです、今度は私が……」

綾香が絶頂を迫らせて言い、ヒクヒクと下腹を波打たせて腰をよじった。

新九郎も顔を上げて股間を離れ、添い寝していくと綾香もすぐに身を起こし、一物に顔を迫らせてきた。

彼も仰向けの受け身体勢になって脚を開くと、綾香は真ん中に腹這い、まずはふぐりを舐め回してから、肉棒の裏側をゆっくり舐め上げた。

「ああ……」

新九郎は快感に喘ぎ、幹をひくつかせながら美女の愛撫《あいぶ》を受けた。

まだ亀頭には小夜の淫水も残っているだろうに、綾香は厭《いと》わずしゃぶり付いて鈴口を舐め回し、スッポリと喉の奥まで呑み込んでいった。

温かく濡れた口に根元まで含まれ、新九郎は股間に熱い息と舌の蠢きを受けながら高まった。

ズンズンと小刻みに股間を突き上げると、綾香も顔を上下させてスポスポと濡れた口で摩擦してくれた。

やがて口が疲れたように彼女がスポンと口を引き離すと、新九郎も手を引いて前進させた。さっきは本手だったので、今度は茶臼（女上位）が良い。

綾香もややためらいがちに彼の股間に跨がり、唾液に濡れた先端を膣口に納めて座り込んだ。

「アァッ……、いい、奥まで当たります……」

根元まで受け入れて股間を密着させると、綾香が顔を仰け反らせて喘いだ。

新九郎も幹を擦る肉襞と締め付けに包まれながら、両手を伸ばして彼女を抱き寄せた。

そして顔を上げ、豊かな乳房に顔を埋めて乳首に吸い付き、舌で転がしながら甘ったるい体臭に噎せ返った。

彼女は待ちきれないように、股間をしゃくり上げるように動かしはじめた。

柔らかな恥毛が擦れ合い、コリコリする恥骨も感じられた。

彼は左右の乳首を味わい、腋《わき》の下にも鼻を埋め込み、汗に湿った腋毛に籠もる濃厚に甘い匂いで胸を満たした。

「ああ……、すぐいきそう……」

綾香が息を弾ませて喘ぎ、新九郎もズンズンと股間を突き上げ、蜜汁に潤う肉《に》壺《つぼ》の感触に高まった。

唇を求めて舌をからめ、生温かな唾液をすすり、互いの動きが一致するとクチュクチュと音が洩《も》れ、彼のふぐりまでネットリと淫水にまみれた。

充分に舌をからめてから、彼は綾香の喘ぐ口に鼻を押しつけた。

唾液の匂いに混じり、口の中の湿り気ある白粉《おしろい》臭の息がうっとりと鼻腔を刺激してきた。

すると綾香も彼の鼻にしゃぶり付き、滑らかに舌を這わせて、惜しみなくかぐわしい息を吐きかけてくれた。

「く……！」

とうとう新九郎も絶頂に達して呻き、大きな快感に包まれながら、ありったけの熱い精汁をドクドクと注入した。

「か、感じる……、アアーッ……！」

噴出を受け止めた途端、綾香も声を上ずらせ、ガクガクと狂おしい痙攣を開始して激しく気を遣ってしまった。

膣内の収縮が増し、新九郎は溶《と》けてしまいそうな快感の中、股間を突き上げながら心置きなく最後の一滴まで出し尽くしていった。

満足しながら動きを弱めていくと、

「ああ……、良かった……」

綾香も声を洩らすと、熟《う》れ肌の硬直を解きながらグッタリと彼に体重を預けてきた。

新九郎は重みと温もりを受け止め、まだ名残惜《なごりお》しげに収縮する膣内でヒクヒクと過敏に幹を震わせた。

そして甘い刺激の息を胸いっぱいに嗅ぎながら、うっとりと快感の余韻を嚙み締めたのだった……。

四

「そろそろ発《た》とうかと思うので、出来れば握り飯をお願い出来やせんか」

藩邸に戻り、厨《くりや》で遅めの昼餉を済ませた新九郎は花に言った。

「分かりました。でも、何だか天気が怪しいですよ」

花が、厨の格子から空を見上げて言った。

確かに暗雲が迫ってきているが、夕立新九郎の異名の通り、彼は雨が近づくと旅立ちたくなる癖があった。

あれから待合を出ると、新九郎は途中まで綾香を送り、すぐ屋敷に戻ってきたのだ。初音の姿はないので、あるいは彼の旅立ちを察し、どこかで鳥追いに戻る仕度《したく》でもしているのかも知れない。

「構いやせん。お願い致しやす」

「はい。ふふ……、でも、そんな言葉遣いだと、誰もお大名のご子息とは思わないでしょうね」

花が可憐な笑みを浮かべて言った。この町娘とも別れである。もしもまたいつか江戸に来ることがあれば、その頃は花も旗本の妻女に納まって上手くやっていることだろう。

そう思うと名残惜しく、新九郎はまた激しく欲情してしまった。

「その前に、少しだけ」

彼は言って花を抱き寄せ、唇を重ねていった。

「ンン……」

彼女も驚いたように身じろいだが、すぐに力を抜いて新九郎に身を預け、侵入する舌を受け入れてからませてくれた。

今日も花の口は可愛らしく甘酸っぱい匂いをさせ、新九郎はうっとりと嗅いで酔いしれながら、滑らかな舌の感触と、生温かく清らかな唾液を味わった。

唾液と吐息を吸収するうち、もう我慢できないほど勃起し、彼は裾をめくり下帯を解いて肉棒を露出させた。

執拗に舌をからめながら花の手を握り、一物へ導くと、彼女もニギニギと愛撫してくれた。そして、ようやく口を離すと、新九郎は上がり框《かまち》に横たわり、花の股間を顔に引き寄せた。

「あん、こんなこと……」

裾をめくってムッチリした内腿に顔を割り込ませると、花が尻込みして言いながらも、とうとう跨がってしまった。

新九郎は真下から陰戸に口を当て、若草に鼻を擦りつけて汗とゆばりの匂いを貪り、舌を挿し入れていった。

中はほんのり湿り気を持っていて、オサネへの刺激ですぐにも生温かな蜜汁がヌラヌラと溢れてきた。

新九郎は顔中に花の股間を受け止め、尻の真下にも移動して双丘に鼻を割り込ませ、蕾に沁み付いた微香を嗅いだ。舌を這わせてヌルッと潜り込ませて粘膜を味わい、再び陰戸に戻ってオサネに吸い付いた。

「ど、どうかご勘弁を……、まだ仕事が沢山《たくさん》……」

花が言い、未練を振り切るように股間を引き離していった。確かに、情交までしてしまうと力が抜けてしまうだろう。新九郎は舌を引っ込め、身を起こした。

「お口でよろしければ……」

花がほんのり頬を染めて言う。春本を見ているから、何をすれば男が悦ぶかという知識もあるのだ。

新九郎が上がり框に腰掛けて股を開くと、花は土間に降りて屈み込み、張りつめた亀頭にしゃぶり付いてくれた。熱い息で恥毛をくすぐり、スッポリと喉の奥まで呑み込んで吸い付き、クチュクチュと念入りに舌を這わせはじめた。

「ああ……」

新九郎は快感に喘ぎ、花の顔を押しやった。すると彼女も顔を上下させ、濡れた口で強烈な摩擦を開始した。

長引かせてもいけないと思い、彼も我慢せず、すぐにも昇り詰めて大きな快感に貫かれてしまった。

「い、いく……」

口走ると同時に、ドクドクと大量の精汁が勢いよくほとばしり、花の喉の奥を直撃した。

「ク……、ンン……」

花は熱く呻いて噴出を受け止め、最後まで吸い出してくれた。

新九郎も、知った女の中では最年少の花の口に精汁を放つのは、済まないような禁断の快感があった。

なおも花は吸引と舌の蠢きを続行してくれていたが、新九郎が出し切って動きを止めると、彼女も亀頭を含んだまま愛撫を止めた。そして口に溜《た》まった精汁をコクンと一息に飲み干すと、口腔がキュッと締まり、彼は駄目押しの快感にピクリと幹を震わせた。

新九郎がグッタリと力を抜いて荒い呼吸を繰り返すと、花もチュパッと口を引き離し、なおも余りをしごくように幹を握り、鈴口に脹《ふく》らむ白濁《はくだく》の雫まで丁寧に舐め取ってくれた。

「も、もういい……」

彼は過敏に幹を震わせ、降参するように腰をよじった。すると花も舌を引っ込め、悪戯《いたずら》っぽい笑みで股間から彼を見上げてきたのだった……。

——夕刻、旅支度を調えた新九郎は佐枝に目通りをした。

「左様ですか。行くのですね」

「はい、お世話になりました」

「雨が降りそうですが、まあ、行くと言ったら聞かないのでしょうね。それに旅先では、もっとひどい嵐に遭《あ》ったこともあるのでしょう」

佐枝は、理解して言ってくれた。

「では、北へ行くのならば、新しい薬が手に入ったので、お城へ寄って高明殿に届けて下さいな」

佐枝が言って薬袋といくばくかの金を差し出した。恐らく新九郎を、多少なりとも国許《くにもと》で休ませようという気遣いなのだろう。

「それから、もし日光《にっこう》へ行かれることがあるなら、東照宮《とうしょうぐう》へのお詣りも。高明殿が病のため、公方《くぼう》様との参詣に行かれなかったものですから」

「承知致しました。必ず薬を届け、日光へも出向きますので。では、お方様もお達者で」

「母上とお呼びなさい。いえ、そなたの母はお稲なのですね」

佐枝が寂しげに、新九郎の養母の名を出した。

「はあ、そろそろ一年になりますし、墓参りもしてきますので」

新九郎は言い、薬を振り分け荷物の中に入れ、あらためて平伏してから立ち上がった。

また勝手口で、草鞋《わらじ》の紐《ひも》をきっちり締め、笠を被って合羽《かっぱ》を羽織《はお》った。

「では、これを」

花が握《にぎ》り飯を渡してくれたので、彼はそれを懐中に入れた。

「では、お花さんもお幸せに」

「どうかお気を付けて」

辞儀をして言うと花も名残惜しげに答えた。

屋敷の外に出ると、雨がポツポツ降りはじめていたが寒くはない。まだ八つ半(午後三時頃)で、西の方は明るかった。

しかし向かうのは北だ。

新九郎は歩きはじめ、日本橋から中山道で板橋《いたばし》方面に向かった。雨も、それほど本降りになる様子はない。

今回の旅も、多くの女と知り合い、色々なことがあったものだ。

しかし一歩旅へ出れば、それらは全て遠い思い出となり、また明日は何かに出会うのだろう。

やがて新九郎は板橋を越え、まだ蕨《わらび》の宿に着く前に日が暮れてきた。夕刻に出たのだから無理もなく、今宵《こよい》は旅籠《はたご》泊まりは諦めなければならないだろう。

小雨に煙《けむ》る街道を見渡し、どこか雨露《あめつゆ》のしのげる場所を探すと、彼方《かなた》に廃屋が見え、軒下にいた烏《からす》がカアーと鳴いた。

そして中から、三味《しゃみ》の音と歌声が聞こえてきたではないか。

〜あの烏どっから追ってきた、信濃《しなの》国から何を持って……

紛《まぎ》れもない、初音の烏追い歌であった。

（ふふ、何と恵まれた旅ガラスだろう……）

新九郎はふと笑みを洩らし、歌声の聞こえる廃屋へと進んでいった。

五

「まあ！　まだしたいのですか。昼前にはお小夜様に綾香様、昼過ぎにはお花ちゃんの口にまで出したというのに」

新九郎が迫ると、烏追い姿の初音が何もかもお見通しのようで、呆《あき》れたように言った。

廃屋の中には囲炉裏《いろり》に火が入り、茣蓙《ござ》も敷かれて温かく快適だった。新九郎は花がくれた握り飯を初音と分けて食べ、あとは寝るばかりとなったところで初音の肌を求めたのである。

「だって、ようやく初音と二人きりになれたのだからな」

新九郎は言い、雨に濡れた合羽は干し、茣蓙の上に脱いだ着物を敷いた。そして襦袢と股引《ももひき》、足袋や下帯も脱ぎ去ると全裸で仰向けになった。

もちろん肉棒は、はち切れんばかりにピンピンに屹立《きつりつ》していた。

恐らく女体も旅と同じで、日々景色が変わるから進んでゆけるのだろう。もし同じ場所で同じ女と四六時中一緒だったら、まず淫気など湧かなくなってしまうに違いない。

とにかく、相手と場所さえ変われば何度でも出来るのである。

初音も鳥追い笠や、袋にしまった三味線を部屋の隅に置いて立ち上がり、帯を解きはじめてくれた。

そして衣擦れの音をさせながら着物を脱いでゆき、やがて一糸まとわぬ姿になると、色っぽい仕草で添い寝してきた。初音もまた、彼によって開花させられ、素破《すっぱ》の習性もあって命に従い、すぐにも淫気に応じるようになっている。

新九郎は、横になった初音の腕をくぐり、甘えるように腕枕してもらいながら白く柔らかな膨らみに顔を押し付けた。

「ああ、気持ちいい。お前が一番好きだ……」

「ふふ、困ったお人ですね」

初音が胸に抱いてくれながら言い、彼も甘ったるい汗の匂いに包まれながらチュッと乳首に吸い付いた。

舌で転がすと、すぐにコリコリと硬くなり、新九郎は顔中を乳房に押し付けながら夢中で愛撫した。

「アア……、いい気持ち……」

初音がうっとりと喘ぎ、クネクネと身悶えはじめた。

彼女だけは、新九郎の身分に気後れすることなく、どんなことでも言いなりになってくれるのだ。

新九郎がもう片方の乳首に移動して含むと、初音も仰向けになって愛撫を受け止めてくれた。

両の乳首を吸って舐め回し、腕を差し上げて腋の下に顔を埋め込むと、生ぬるく湿った和毛の隅々には甘ったるい汗の匂いが濃厚に沁み付いていた。

彼は美女の体臭に包まれながら胸いっぱいに吸い込み、滑らかな肌を舐め降りていった。

愛らしい臍《へそ》を舐め、ピンと張り詰めた腹部に舌を這わせ、弾力ある肌に顔中を押し付けて感触を味わった。

そして腰の丸みからムッチリした太腿へ降り、脚を舐め降りていった。

脛《すね》にあるまばらな体毛も可愛らしく、足首まで行くと足裏に回り込んで踵《きびす》から土踏《つちふ》まずを舐めた。

指の股に鼻を割り込ませて嗅ぐと、そこは汗と脂に湿り、蒸れた匂いが悩ましく籠もっていた。新九郎は美女の足の匂いを貪ってから爪先をしゃぶり、桜色の爪を噛み、全ての指の間を舐め回した。

「ああ……、くすぐったい……」

初音もすっかり受け身になって喘ぎ、白い下腹をヒクヒク波打たせて反応していた。

新九郎は両足とも貪り尽くし、脚の内側を舐め上げて股間に迫った。

張りのあるスベスベの内腿を舐め、熱気の籠もる陰戸に顔を寄せると、すでに初音の割れ目はヌラヌラと潤っていた。

茂みに鼻を埋め、汗とゆばりの混じった匂いで胸を満たし、舌を挿し入れると淡い酸味のヌメリが迎えてくれた。

膣口の襞をクチュクチュ掻き回し、柔肉をたどってオサネまで舐め上げていくと、初音の内腿がキュッときつく彼の両頬を挟み付けてきた。

「アア……、いい気持ち……」

初音もうっとりと喘ぎ、新たな蜜汁を漏らしてきた。

新九郎は味と匂いを堪能してから彼女の脚を浮かせ、白く形良い尻の谷間に鼻を埋め込み、桃色の蕾に籠もった微香を貪った。舌を這わせて襞を濡らし、ヌルッと潜り込ませて粘膜を味わうと、

「あう……！」

初音が呻き、肛門でキュッときつく舌先を締め付けてきた。

彼は内部で舌を蠢かせ、充分に味わってから再び陰戸に戻った。

「もういいです、今度は私が……」

初音が息を弾ませて言い、身を起こしてきた。

新九郎も入れ替わりに仰向けになって股を開くと、初音は真ん中に腹這い、彼の脚を浮かせて肛門を舐めてくれた。

「い、いいよ……、く……」

ヌルッと侵入すると彼は快感に呻き、モグモグと美女の舌を肛門で味わった。

初音は熱い鼻息でふぐりをくすぐり、執拗に舌を蠢かすと、内側から操られるように肉棒がヒクヒクと上下した。

やがて脚を下ろしてふぐりを舐め、二つの睾丸を転がしてから、いよいよ初音は肉棒の裏側を舐め上げてきた。

先端まで来ると鈴口から滲《にじ》む粘液を味わうように舐め取り、張りつめた亀頭にしゃぶり付いた。そのままスッポリと根元まで呑み込み、幹を丸く締め付けて吸い、熱い鼻息で恥毛をそよがせながら、口の中ではネットリと念入りに舌を蠢かせてきた。

たちまち彼自身は、美女の生温かく清らかな唾液にどっぷりと浸《つか》って快感に震えた。

充分に高まった新九郎が初音の手を引くと、彼女も心得てスポンと口を離し、身を起こして前進してきた。

ためらいなく彼の股間に跨がり、濡れた陰戸に先端を押し当て、感触を味わうようにゆっくりと腰を沈み込ませていった。

一物はヌルヌルッと滑らかに根元まで呑み込まれ、彼女は股間を密着させ、ぺたりと座り込んだ。

「ああッ……、いい……！」

初音が顔を仰け反らせて喘ぎ、キュッときつく締め上げてきた。

新九郎も、肉襞の摩擦と温もりに包まれ、快感を味わいながら内部で幹を震わせた。

すぐに初音が身を重ね、緩《ゆる》やかに腰を遣いはじめた。

彼も両手を回してしがみつき、合わせて股間を突き上げていった。

すぐに互いの動きが一致し、クチュクチュと湿った摩擦《まさつ》音が響いてきた。

「唾《つば》を……」

下から囁くと、これも彼の性癖を充分に心得た初音が顔を寄せ、ためらいなく愛らしい唇をすぼめ、トロトロと唾液を吐き出してくれた。

白っぽく小泡の多い粘液を舌に受けて味わい、新九郎は飲み込んでうっとりと酔いしれた。

そして唇を重ね、舌をからめながら突き上げを激しくさせていくと、

「ンンッ……！」

初音が快感に呻き、耐《た》えきれずに口を離した。彼はそのまま顔を抱き寄せ、彼女の口に鼻を押し込んでかぐわしい息を胸いっぱいに嗅いだ。

今日も初音の口からは野山の果実のように甘酸っぱい芳香が吐き出され、新九郎は甘美な悦びで胸を満たした。

彼女も舌を這わせて新九郎の鼻の穴を舐め、一物を締め付けながら腰の動きを速めていった。

「い、いく……！」

とうとう彼は昇り詰め、大きな絶頂の快感とともに口走り、熱い精汁を勢いよく内部にほとばしらせてしまった。

「アア……、いい気持ち……！」

噴出を受け止めた初音も、合わせて気を遣り、声を上ずらせてガクガクと狂おしく全身を痙攣させた。

新九郎は心地よい収縮と摩擦の中で快感を味わい、心置きなく最後の一滴まで出し尽くし、満足して突き上げを弱めていった。

力を抜いて、初音の重みと温もりを受け止めると、

「ああ……」

彼女も声を洩らし、満足げに硬直を解いてもたれかかってきた。

新九郎は膣内でヒクヒクと幹を震わせ、締め付けの中で過敏に反応した。

そして美女の唾液と吐息の匂いで鼻腔を満たし、うっとりと快感の余韻を味わったのだった。

互いに呼吸を整えると、初音がそろそろと股間を引き離して起き上がり、懐紙で手早く陰戸を拭い、濡れた一物も丁寧《ていねい》に処理してくれた。

「では、一緒にくっついて寝ましょうね」

初音は言って全裸のまま横から肌を密着させ、自分の着物を互いの身体に掛けてくれた。

「まずは、前林を目指すのですね？」

「ああ、日光道を行こうかと思ったが、やはり養母の命日もあるし、兄に早く薬を届けなければいけないからな」

初音が囁き、新九郎は答えた。高明に会って稲の墓参りをして、それから日光の参詣へ向かうべきであった。

いつしか雨が上がったようで、破れた壁板の間から満月が覗き、明るい光が差し込んでいた。

「では、おやすみなさいませ」

初音が言い、彼を優しく抱いてくれた。

（さあ、また新しい旅だ……）

新九郎は思い、心地よい気怠《けだる》さの中で目を閉じた。

そして初音の温もりと匂いに包まれながら、すぐにも深い睡《ねむ》りに落ちていったのだった……。

身もだえ東海道

一〇〇字書評

切・り・取・り・線

購買動機（新聞、雑誌名を記入するか、あるいは○をつけてください）

□（　　　　　　　　　　　　　　　　　　）の広告を見て
□（　　　　　　　　　　　　　　　　　　）の書評を見て
□ 知人のすすめで　　　　　　　　　　□ タイトルに惹かれて
□ カバーが良かったから　　　　　　　□ 内容が面白そうだから
□ 好きな作家だから　　　　　　　　　□ 好きな分野の本だから

・最近、最も感銘を受けた作品名をお書き下さい

・あなたのお好きな作家名をお書き下さい

・その他、ご要望がありましたらお書き下さい

住所	〒				
氏名		職業		年齢	
Eメール	※携帯には配信できません	新刊情報等のメール配信を 希望する・しない			

この本の感想を、編集部までお寄せいただけたらありがたく存じます。今後の企画の参考にさせていただきます。Eメールでも結構です。

いただいた「一〇〇字書評」は、新聞・雑誌等に紹介させていただくことがあります。その場合はお礼として特製図書カードを差し上げます。

前ページの原稿用紙に書評をお書きの上、切り取り、左記までお送り下さい。宛先の住所は不要です。

なお、ご記入いただいたお名前、ご住所等は、書評紹介の事前了解、謝礼のお届けのためだけに利用し、そのほかの目的のために利用することはありません。

〒一〇一‐八七〇一
祥伝社文庫編集長　坂口芳和
電話　〇三（三二六五）二〇八〇

祥伝社ホームページの「ブックレビュー」からも、書き込めます。
http://www.shodensha.co.jp/bookreview/

祥伝社文庫

身《み》もだえ東海道《とうかいどう》 夕立《ゆうだ》ち新九郎《しんくろう》・美女百景《びじよひやつけい》

平成29年4月20日　初版第1刷発行

著　者　睦月影郎《むつきかげろう》
発行者　辻　浩明
発行所　祥伝社《しようでんしや》
東京都千代田区神田神保町3-3
〒101-8701
電話　03（3265）2081（販売部）
電話　03（3265）2080（編集部）
電話　03（3265）3622（業務部）
http://www.shodensha.co.jp/

印刷所　萩原印刷
製本所　関川製本
カバーフォーマットデザイン　中原達治

Printed in Japan ©2017, Kagerou Mutsuki ISBN978-4-396-34303-3 C0193